온라인 게임의 신부는
여자아이가 아니라고
생각한 거야?
Lv. 3
Kineko shibai
키네코 시바이 지음
ill:Hisasi

여름이다! 바다다!
『인터넷에 접속해서는 안 되는 합숙 24시간』이다!
현실 세계의 사이토 선생님
온라인 게임부에게 약점을 잡혀서 실컷 부려 먹히고…… 하지만 의외로 즐거워 보이는 미인 국어 교사. 수영복은 깔끔하고 단정한 고양이 무늬 경영 수영복! 이것이 고양이공주 씨의 저스티스.
사이토 선생님 / 고양이공주
고쇼인 쿄우 / 애플리코트
현실 세계의 고쇼인 쿄우
돈의 사용법을 계속해서 잘못 알아온 끝에 만들어진 중과금충 아가씨. 수영복은 섹시함조차도 완전히 뛰어넘어서, 뭡니까 이건. 브라질 수영복?

현실 세계의 니시무라 히데키
귀가부&취미는 게임인 오픈 오타쿠라는, 꽤나 자주 보이는 너희 같은 녀석. 수영복 여자 네 명에게 둘러싸이다니 리얼충인가. 폭발해라.
AM11:00
← 현실 세계의 타마키 아코
온라인 게임과 현실을 구별 못 하는 커뮤니케이션 장애 외톨이 소녀. 수영복은 귀여운 비키니지만, 그 속에는 숨길 수 없는 발칙한 몸매가…….
니시무라 히데키 / 루시안
타마키 아코 / 아코
세가와 아카네 / 슈바인
현실 세계의 세가와 아카네
오타쿠 따윈 기분 나쁘거든! 이라고 매도하는 계열의 숨은 오타쿠. 수영복은 섹시함을 죄다 버리고 귀여운 로리 방면으로 스텟을 다 투자.

『인터넷에 접속해서는 안 되는 합숙 24시간』 개최 중……
AM6:00
"좋은 아침이에요오."
"……아침."
"…………….."
"마스터, 먹을 건 말이죠, 사 온 그대로면 먹을 수 없거든요?"
PM7:00
"머리를 비누로 감던 애한테 여자력으로 지다니…… 난 대체 뭐야……."

PM10:00
“이런 식으로 보내는 날은, 제게는 절대로 오지 않을 거라 생각했어요.
그래서 거짓말 같고, 기쁘고, 하지만 왠지 슬픈 기분도 들어서—.
죄송해요. 울 생각은 없었어요.”
빨려 들어가듯이 빤히 바라보자,
또르륵 하고 아코의 눈동자에서 뺨으로 물방울이 한 줄기 흘렀다.

온라인에서의 루시안
방어구 지상주의인 아머 나이트(♂).
굉장히 튼튼한 남자……였던 그가
알몸뚱이가 된 이유는—?
Lv No Data! HP/NoData! MP/NoData!
Name NoData!
Job NoData!
Sex NoData!
Atk/NoData! Mat/NoData!
Def/NoData! Mdf/NoData!
Lv89 HP/12809 MP/463
Name Schwein
Job Sword Dancer
Sex Male?
Atk/141+276 Mat/13+56
Def/71+151 Mdf/39+21
온라인에서의 애플리코트
과금 지상주의인 마법사(♂).
돈의 힘으로 막을 수 없는
악의가 상대라도
아가씨는 굴하지 않는다!
Lv96 HP/14622 MP/5946
Name Apricot
Job Law Wizzard
Sex Male?
Atk/73+150 Mat/493+372×1.8
Def/86+278 Mdf/262+30
온라인에서의 슈바인
화력 지상주의인 소드 댄서(♂).
꽃미남의 탈을 뒤집어쓴 골수 오타쿠 로리 소녀는,
동료의 위기에 어떻게 맞설 것인가…….

Lv95 HP/18532 MP/708
Name Rusian[hacked!]
Job Armor Knight
Sex Male
Atk/83+229 Mat/35+49
Def/107+250 Mdf/74+5
온라인에서의 아코
외모 지상주의인 클레릭(♀).
한 걸음 잘못 디디면
공주 캐릭터인 게임 지식이 딸리는 소녀.
그 딸리는 지식이 비극을 낳는다……?
Lv84 HP/5564 MP/1549
Name Ako
Job Cleric
Sex Female?
Atk/45+90 Mat/147+0
Def/70+24 Mdf/112+18
[사건] 내가 아닌 내가
내 신부에게 손을 댔다 [도와줘]

CONTENTS

And you thought there is Never a girl online?

ORIGINAL DESIGNED BY AFTERGROW

온라인 게임의 신부는 여자아이가 아니라고 생각한 거야?

Lv. 3

키네코 시바이 지음
Hisasi 일러스트
이경인 옮김

프롤로그
HISUN
And you thought there is Never a girl online?

넷카마한테 진지하게 고백한다는 대참사를 거쳐 지금의 신부인 아코에게 프러포즈를 받기 전까지, 나는 게임 속 결혼에 대해서는 부정적인 입장이었다.

물론 자신이 엄청나게 쪽팔린 짓을 했다는 것이 가장 큰 이유였지만, 주변에서 몇 가지 트러블이 있었던 것도 이유였지.

그중 하나가 이런 이야기다.

내가 결혼에 부정적이긴 했지만, 친구 등록한 녀석이 결혼한다는 말을 들으면 역시 결혼식에도 가고, 제대로 축하도 해줬다.

그랬는데, 모두에게 축복을 받으며 결혼한 친구에게서 며칠 후 채팅이 날아오지 뭐야.

◆유윤 : 그 녀석, 그저 나를 갖고 놀았던 거야!

이런 채팅이었다.

◆루시안 : 잘 모르겠지만, 남자한테서 그런 이야기는 듣고 싶지 않은데.

일단 대충 얼버무렸다. 바빴으니까.

◆유윤 : 아니 아니 좀 들어줘.

◆루시안 : 그렇게 말한들.

그때는 솔플로 사냥을 하고 있었는데, 별수 없이 유윤을 위해서 마을로 돌아왔던 걸로 기억한다.

◆루시안 : 그래서, 구체적으로 무슨 이야기인데?

◆유윤 : 그게 말이지. 너무한다고. 나랑 결혼한 살랑살랑 말인데.

◆루시안 : 그래.

결혼식에 초대받았으니까 기억한다. 결혼 상대는 살랑살랑이라는 사람으로, 파란 머리카락이 살랑살랑 흔들리던 마법사였다.

여캐를 보는 눈이 매우 엄격했던 당시의 나는 이 녀석 넷카마 같은데, 라는 감상밖에 들지 않았지만.

◆유윤 : 살랑살랑이, 살랑살랑이 말야.

◆루시안 : 걔가 대체 어쨌는데.

유윤은 왈칵 눈물을 쏟고는(감정 표현으로) 스윽 그것을 닦더니(감정 표현으로) 하늘을 올려다보며(감정 표현으로) 말했다.

◆유윤 : 다른 캐릭터로, 다른 남자랑 결혼했더라고!

◆루시안 : 아, 그러셔.

◆유윤 : 그 리액션은 뭐야, 루시안!

뭐냐고 물은들, 타인의 부부 관계 같은 걸 들어도 곤란하다고. 그렇구나. 우와, 같은 반응이 나오는 것도 어쩔 수 없단 말이지.

LA의 결혼 시스템은 계정 단위의 결혼이 아니라 캐릭터끼리의 결혼에 지나지 않으니까. 일부 아이템 인벤토리가 공유되거나 하는 그런 연결밖에 없다.

그러니 살랑살랑이 딱히 뭔가 위반을 저지른 것도 아니고, 오히려 모든 캐릭터로 같은 상대와 결혼한 사람이 더 드물 정도다.

하지만 그런 전제는 유윤하곤 아무 상관도 없었다.

◆유윤 : 나는 바람맞은 거야! 바람! 위자료도 받을 수 있어!

◆루시안 : 바람이라니, 그 캐릭터랑은 아직 결혼한 상태잖아?

◆유윤 : 차라리 이혼당하는 편이 나아!

활활 타오르는 분노의 감정 표현과 함께 유윤이 울부짖었다.

◆유윤 : 나와 결혼한 채로 다른 캐릭터하고도 결혼했다는 건, 내 몸과 돈만이 목적이었다는 거잖아!

◆루시안 : 탱커 역할이랑 경험치 말이네.

골라낸 말이 굉장히 한심했다.

하지만 실제로 이익만을 위한 연결을 원한다는 건 사실일 것 같다는 생각이 들었다.

적어도 애정이라고 부를 수 있는 게 있다면 다른 캐릭터로 결혼을 하지 않았을 테니까.

◆루시안 : 요컨대 살랑살랑은 너를 원거리 딜러를 할 때

써먹을 수 있는 파트너로밖에 생각하지 않았다는 거냐.

◆유윤 : 그래. 나에 대한 사랑은 없었던 거야.

그런 반면 유윤은 살랑살랑에 대한 사랑이 있었다는 건가.

◆루시안 : 그렇군…… 그거 힘들겠네.

◆유윤 : 그냥 접고 싶어.

◆루시안 : 엄청 이해가 간다.

상대가 남자였다는 거랑 어느 쪽이 더 힘들까. 한 번 올라갔다가 떨어진 만큼 저쪽의 쇼크도 장난이 아닐 것 같았다.

◆루시안 : 게임 속 결혼에 대한 생각도 사람마다 다르니까…….

사냥 효율이 올라가니까 결혼한다는 사람, 친구 중에서 가장 마음이 맞으니까 결혼한다는 사람이나 진심으로 상대가 좋아져서 결혼한다는 사람.

마음이 엇갈린 상태로 결혼 시스템을 이용하면 이런 비극이 자주 일어난다.

◆루시안 : 그럼 어쩔 거야? 이혼할 거야?

◆유윤 : ……그래. 살랑살랑하고는 이제 끝이야.

◆루시안 : 하지만 한쪽의 동의만으로 강제 이혼을 하면 엄청난 양의 돈을 뜯길 텐데.

◆유윤 : 왜 이딴 쓰레기 시스템을 넣은 거야, 운영자 놈들!

◆루시안 : 솔직하게 이혼하자고 말하는 게 어때?

◆유윤 : 저쪽은 시스템을 이용하기만 할 셈이었을 텐데 나만 진심으로 좋아했다든가, 그런 걸 폭로할 바에는 죽고 말지! 나 죽을 거야!

◆루시안 : ……아아, 응…… 이해가 간다.

나도 돌아갈 수만 있다면 고양이공주 씨한테 고백하기 전으로 돌아가고 싶어…… 가능하다면야…….

◆유윤 : 그런고로 나만 괴로워하는 건 납득이 안 가.

◆루시안 : 어어…… 어엉?

뭔가 이야기가 이상하게 돌아가는데?

◆유윤 : 너도 함께 괴로움을 나누기 위해서, 어째서 루시안과 결혼하지 않았는지에 대해 고양이공주 씨한테 인터뷰를 받아 왔지.

◆루시안 : 너 대체 무슨 짓이야?! 그딴 거 듣고 싶지 않아!

◆유윤 : 먼저 첫 번째!

무시?! 무시냐?!

이 녀석 사람 말을 안 듣잖아!

◆유윤 : 게임 속에서 결혼 같은 걸 할 생각은 없다냐.

◆루시안 : 크어어어어억.

◆유윤 : 두 번째!! 루시안하고만 특별히 사이가 좋았던 것도 아니다냐.

◆루시안 : 갸아아아아악.

◆유윤 : 세 번째!! 그보다 남자랑 결혼한다니 말도 안 된나

댜— 라더군!

◆루시안 : 제…… 제발 그만해…….

왜 나까지 과거의 상처를 다시 헤집어야만 하는데…….

확실히 나도 상대의 마음이라든가, 게임 속 결혼에 관한 생각 같은 건 전혀 고려하지 않고 프러포즈를 했다. 이 녀석을 비웃을 순 없지.

그렇다고 이런 처사를 당해도 되는 걸까.

아니, 아니다. 이 녀석은 나쁘지 않아. 피해자라고.

전부 넷카마가 나빠. 모두 게임 속에서 결혼 같은 걸 하게 만든 녀석이 나빠!

◆루시안 : 이제 두 번 다시 결혼 같은 건 안 해!

◆유윤 : 맞아. 절대로 결혼 같은 건 안 해!

우리는 그렇게 말하며 주먹을 맞댔다.

그러나 유윤은 그 후에도 두 번의 이혼과 세 번의 결혼을 했다.

그리고 현재 신부는 내용물이 남자라고 한다.

마지막 결혼식에서 그녀 — 그? — 와 뜨거운 입맞춤을 나누던 유윤의 모습을 나는 슬픈 마음으로 바라봤다.

◆루시안 : 그런 일이 있었지.

◆아코 : 이혼은 안 해줄 거예요?

지금까지 묵묵히 내 이야기를 듣던 아코가 약간 달려들

기세로 말했다.

◆루시안 : 응. 나도 그럴 생각은 없어.

◆아코 : 다행이네요!

안심한 듯 말하는 아코.

변함없이 걱정하지 않아도 될 부분을 사서 걱정하는 버릇이 낫지 않는 녀석이었다.

◆루시안 : 본론은 그쪽이 아냐. 묻고 싶었던 건 결혼에 대한 생각 쪽이라고.

◆아코 : 네에.

왜 그렇게 잘 모르겠습니다, 같은 느낌의 리액션인데. 중요하잖아, 게임 속 결혼을 어떤 식으로 생각하는가.

◆루시안 : 나와 너의 결혼에 대한 생각이 다르면 곤란하잖아. 그런 부분을 깊게 고려하지 않고 결혼했으니까.

솔직히 말해 아코에게 떠밀렸을 뿐, 그렇게 깊은 대화를 나눠본 적은 없었다.

◆아코 : 어, 그치만 저는 루시안을 좋아하는데요?

◆루시안 : ……나도 좋아한다만.

◆아코 : 그렇죠?

그럼 왜 묻는 건가요? 라고 말하는 것처럼 아코의 머리 위에 물음표가 떠올랐다.

확실히 아코의 말도 옳다. 나도 게임 속에서 아코가 나를 좋아하지 않는 거 아닐까? 하고 불안에 떤 적은 한 번도 없다.

◆루시안 : 그럼 하나 묻고 싶은데.

◆아코 : 네.

◆루시안 : …………

◆아코 : ……?

◆루시안 : ……무, 물을 수 있겠냐—!

"물을 수 있겠냐아아아아아아!"

루시안과 내가 동시에 언성을 높였다.

물을 수 있겠냐. 이런 걸 물을 수 있겠냐고!

◆아코 : 에에엑?! 왜 그렇게 일방적으로 화를 내나요?!

◆루시안 : 시끄러! 오늘은 잘 거야. 잘 자라!

◆아코 : 아, 네. 안녕히 주무세요.

혼란스러워하는 아코에게 이별을 고한 뒤 클라이언트를 끄고 머리를 감싸 안았다. 아코한테는 내일 사과해야지.

그치만, 이런 걸 제정신으로 물을 수 있을 리가 없잖아.

아코, 너 있잖아.

현실의 나를, 좋아해? 라는 소리를.

1장 러브 소동

And you thought there is Never a girl online?

"영차, 교탁 옮긴다."

"그래 상관없어. 들고 와."

"너도 들란 말이야."

이런 건 어디든 그다지 차이가 없다고 생각하지만, 우리 학교에서는 일주일에 한 번 정도의 페이스로 교실 청소 당번이 돌아온다.

업자에게 시키면 되지 않느냐는 불평도 있지만, 이럭저럭 초등학교 1학년 때부터 해온 거라 그런지 그냥 일상처럼 돼 버렸다.

"오늘의 무거웠던 책상 선수권은 압도적 격차로 타카사키네. 대체 이 녀석 뭘 넣어놓은 거야."

"벌로 의자를 올려둔 채로 놓아두자고."

왕따 같으니까 그만둬.

어쨌든 딱히 막히는 일 없이 적당히 끝마치는 것이 일상다반사다.

"고맙다. 도와줘서."

"우리 어차피 한가하니까."

"그건 너만 그렇잖아."

"시끄러."

평소에는 그저 별 의미도 없이 노닥거리며 남아 있는 거라 생각했던 리얼충 그룹이 어째서인지 청소를 도와준지라, 어라? 이 녀석들 의외로 좋은 놈들인가? 같은 감상을 느낀 그런 방과 후.

"좋아. 끝났다."

쓰레받기에 가득 찬 쓰레기를 버리자 리얼충 한 명이 내 어깨를 두드렸다.

"그럼 루시안, 수고해라."

"내일 보자, 루시아~안."

"또 보자. 루시안 군."

"……어어, 응."

그들은 다들 반짝이는 미소를 짓고는 아무 일도 없었다는 듯이 이예이 하며 떠들기 시작했다. 딱히 대답하지도 않고 교실을 나와서 충분히 떨어진 곳까지 간 뒤 불쑥 중얼거렸다.

"……너희한테 루시안이라 불릴 이유는 없는데."

이름으로 불린 아코가 화를 낸 기분을 잘 알겠다.

정기적으로 우리 교실에 출몰하는 아코가 루시안 루시안 루시안이라며 시끄럽게 구는 데다 『별수 없다냐. 알았어.』 사건 이래 아키야마까지 캐릭터 이름으로 부르기 시작해서 우리 반에서는 그 이름이 쓸데없이 깊숙하게 침투해버렸다.

"하지만 가장 큰 원인은 수업 중에 『다음, 루시안 읽으렴.』 같은 소리를 했던 고양이공주 씨일지도 몰라."

교실은 폭소의 도가니가 되었고, 고양이공주 씨만이 『이, 이게 아니다냐아아아아아.』 같은 표정을 짓고 있었다.

하지만 침투했다고 해도 아코나 고양이공주 씨, 세가와에다 좋게 봐서 아키야마까지는 그렇다 치고, 그다지 친하지도 않은 반 애들이 그렇게 부르면 놀리는 것 같아서 좋은 기분이 들지 않는단 말이지. 될 수 있으면 그만둬 줬으면 좋겠다.

역시 그런 녀석들하고는 마음이 안 맞는다니까, 라며 청소를 도와준 은혜를 깔끔하게 잊어버린 채 걸어가다 보니 다른 반에서도 마찬가지로 남아 있던 그룹이 보였다.

나 참, 당장 돌아가라고 리얼충들아— 라고 생각했지만 아니었다. 리얼충이 아니었다. 명백하게 리얼충이 아닌 것이 섞여 있었다.

"……아코도 있잖아."

방과 후 교실에 남아서 떠드는 여자애들 그룹 속에 아코가 섞여 있었던 것이다.

커뮤니케이션 장애 기질에 온라인 게임 중독에 학교조차 마구 결석하는 바로 그 『나의 신부』다. 이미 시험 기간 직전에 돌입해서 부활동이 없기 때문에 학교에 오지 않더라도 놀랄 일이 아닐 정도인데 설마 이렇게 녹아들었을 줄이야.

양쪽의 세가와와 아키야마 사이에 끼어서 반쯤 강제적이

라는 느낌은 들었지만, 아코는 의외로 그룹 중심에 있는 것처럼 보였다. 아무래도 잡지를 보며 열띤 대화를 나누는 모양이다.

“봐봐, 이거! 타마키도 이런 거 어울릴 거야!”

“뭐어? 그건 좀 아니지 않아? 타마키에겐 이쪽 아닐까?”

“네, 네에…….”

꺄아, 정말, 싫다! 같은, 나로서는 무슨 소리인지 통 모를 대화를 나와 마찬가지로 전혀 모르겠다는 표정으로 보고 있는 아코.

저 녀석 대단하네, 라는 감탄과 함께 어째서인지 패배감 같은 게 끓어올랐다. 아코 주제에 건방지다는 동네 골목대장 같은 감정이 가슴을 스쳤다.

탈덕해서 리얼충이 된 걸 뽐내는 친구를 볼 때와 같은 이 느낌은 대체 뭘까. 패배감인지 열등감인지, 모멸인지 질투인지 모를 이건.

“안 되지, 안 돼. 순수하게 기뻐해줘야지.”

남편 역할도 끝이구나, 아주 약간 쓸쓸해하면서 교실 옆을 지나쳤다. 여러모로 민폐도 끼쳤지만, 아코와 함께 보낸 시간은 굉장히 즐거웠어.

잘 있거라. 약간이지만 화려했던 내 청춘이여.

“이, 이제 한계예요! 이런, 이런 저주받은 아이템 같은 건!”

왠지 그다지 좋지 않은 소리가 들려왔다.

살짝 눈을 돌리자 울먹이는 표정의 아코가 보고 있던 패션 잡지를 양손에 들고 찢어버리려 하고 있었고, 세가와는 엄청 곤혹스러워하고, 아키야마는 폭소하고 있었다. 주위 여자애들은 꽤 진심으로 기겁하는 중이다.

나 참, 저 녀석 대체 뭐 하는 거야.

그런 짓을 했다간 모처럼 생긴 친구를 잃게 된다고—.

"—아니, 아코 너 대체 뭐 하는 거야!"

"루, 루시안!"

나를 눈치챈 아코가 울상을 지으며 달려왔다. 자, 잠깐, 그만둬! 여기서 그런 짓을 했다간, 봐봐! 여자애들이 우리를 뜨뜻미지근한 시선으로 보잖아!

"들어주세요, 루시안. 너무해요. 너무하다고요!"

"이야기는 나중에 듣겠지만 너무한 건 너야!"

"루시안도 너무하네요!"

배신당했다! 같은 표정을 지어본들, 오히려 배신당한 건 나라고. 너 갱생한 거 아니었어?

"아, 서방님이 온 것 같네?"

"배려하는 뜻에서 뒷일은 맡길까?"

폭발한 아코의 성가신 면을 예리하게 감지한 옆 반 여자애들이 재빠르게 사라졌다. 남은 건 아직도 웃고 있는 아키야마와 머리를 감싸 안고 있는 세가와뿐이다.

"……위험할 뻔했어. 정말로."

"하지만 마음만은 알아. 나도 가끔은 찢어버리고 싶을 때가 있거든."

"나나코의 그 마음은 아코랑은 다른 이유라고 생각해."

지금까지 성심성의껏 커버해준 세가와는 피곤한 모습이었다. 숨은 오타쿠의 편린을 보여주지 않고 아코를 감싸주는 건 큰일이었겠지.

"얏호, 니시무라."

"그래 얏호. ……그런데 무슨 일이야?"

허리에 달라붙은 아코를 떼어내면서 묻자 아키야마는 매우 즐거운 듯이 웃었다.

"응, 그게 말이지. 타마키는 조금 더 꾸미는 게 좋을 것 같아서 모두 함께 소품 같은 걸 추천해주고 있었는데."

"너, 내 신부한테 너무 심한 거 아니냐."

"그렇죠? 너무하죠?"

"에엑, 그래?"

그래 맞아. 너무해. 극악인의 소행이야.

아코한테— 아니 우리한테 그런 짓을 하는 건 고문이나 다름없단 말이야.

"이거 한번 보세요. 이 『나야말로 교내 카스트 최상위에 위치하는 독자 모델 여자! 무릎 꿇어라 우민들아!』 같은 의기양양한 표정의 폭풍! 뭐가 즐거워서 이런 걸 읽는 건가요!"

"아니, 그건 아무리 그래도 독자 모델에 대한 편견이 너무 심한 것 같은데."

잡지 속의 사람한테까지 증오를 돌려선 안 됩니다.

"으음, 그런가아? 꽤 공부가 되는데?"

"그런 공부는 하고 싶지 않아요."

아코는 질색했다. 반짝반짝 빛나는 독자 모델 분들에게 상당한 대미지를 입은 모양이다.

"그렇게까지 싫다면야 어쩔 수 없지만, 내 책을 찢는 건 그만둬 줄래? 자, 돌려줘."

"어, 이게 네 책이었어?"

"……그런데, 뭔가 불만이라도 있어?"

학교 모드의 세가와는 잡지를 빼앗고는 약간 불쾌하다는 얼굴로 말했다. 딱히 불만은 없고 의외랄 것도 아니지만, 조금 이미지가 다른 느낌이 들어서 말이지.

"2월호 3월호 같은 건 신입생을 위한 메이크업의 기본이라든가 옷을 고르는 법 같은 초보자를 위한 내용으로 되어 있으니까. 일부러 아카네가 옛날 걸 가져와준 거야."

"애초에 레벨을 올릴 생각이 없다고요!"

설령 초보자용이라도 본인이 바라지 않으면 의미가 없지.

"잘 모르네, 아코. 이런 건 놓쳐선 안 되는 중요한 아이템이라고."

"중요 아이템이라고 해도 퀘스트를 진행하지 않으면 계속

인벤토리에 남아서 방해되는 타입의 민폐 계열 중요 아이템이잖아요!"

"그런 게 아니라! 그러니까 게임으로 말하면! ―어, 그게."

뭔가 말하려던 세가와의 태도가 왠지 이상했다. 힐끔힐끔 아키야마에게 시선을 보내며 말하기 어렵다는 듯이 입을 우물우물하고 있었다.

"……나나코. 슬슬 돌아가는 편이 낫지 않아?"

"아냐. 아직 시간도 있고. 계속 있을 수 있는데?"

"……그래?"

이, 이건 일반인이 섞인 탓에 마음 놓고 오타쿠 토크를 할 수 없는 그 현상!

아키야마에게 이미 들켰다곤 해도 숨은 오타쿠 짓을 지속 중인 세가와에겐 힘들 것이다. 초조한 표정이 그렇게 대변해 주고 있었다.

『저기, 나나코 좀 어떻게 해줘.』

세가와가 필사적인 시선으로 우리에게 호소했지만, 나 역시 고개를 내저을 수밖에 없었다.

『아키야마는 네 담당이잖아. 스스로 어떻게든 하라고.』

『무리예요. 무리예요. 절대 무리예요.』

『칫, 못 써먹겠네.』

그런 불합리한! 아니, 정말로 그렇게 말했는지는 모르겠지만!

"남을 놔두고 눈과 눈으로 대화하는 건 그만두라고~."

"앗, 저기. 그런 게 아니고 말이지?"

세가와는 잠시 끙끙 앓고는 드디어 결의했는지 아코를 홱 돌아봤다.

"이렇게 된 이상 어쩔 수 없지…… 있잖아. 아코, 잘 들어. 이런 패션 잡지 같은 건 말이야."

강하게 주먹을 움켜쥐며 말했다.

"현실 오프라인, 직업 여고생용으로 치면 정리 공략 위키 같은 거야."

"……위키?"

이 녀석 뭔가 이상한 소리를 꺼냈잖아!

"그도 그렇잖아! 이건 보는 것만으로도 피부 케어나 메이크업 지식, 최소한으로 알아둬야 하는 필수 요소를 전부 알 수 있는 공략 정보 정리 사이트 같은 거란 말이야! 찢어버리다니 말도 안 돼! 위키를 소중히 하지 않는 녀석은 내가 지옥의 불길 속으로 던져줄 거야!"

"그, 그 말을 듣고 보니 중요한 것 같긴 하지만……."

아, 납득하는구나.

아코에게는 이게 통했는지 그녀는 미묘한 표정으로 패션 잡지를 봤다. 하지만 역시 표지에 실린 반짝반짝 빛나는 여자는 인정하지 못하는 모양이다.

"그치만 그치만, 공략은 위키가 전부인 게 아니라고요.

위키가 틀리거나, 위키보다 효율 높은 방법도 얼마든지 있으니까요."

"그런 경우에도 남이랑 할 때는 위키에 나온 대로 하지 않으면 위키가 전부라고 믿는 게임 지식 딸리는 녀석들이 발목을 잡아끌어서 귀찮단 말이야! 그러니까 위키는 제대로 봐두지 않으면 안 되는 거라고!"

"화, 확실히 기억에 있어요!"

"기억에 있는 거냐……."

아코는 굳이 따지자면 게임 지식이 딸리는 쪽이잖아, 라고 말하고 싶은 기분을 억눌렀다.

듣고 보니 확실히 있긴 하지. 위키 정보가 낡거나 잘못되거나 효율이 나쁘다 해도 위키가 전부라고 믿는 융통성 없는 플레이어 말이야.

"니시무라, 너도 그렇지?! 현실 오프라인 공략용으로 제대로 사전 조사를 하고 있잖아!"

"……뭐, 조금은. 흥미는 없지만 우리 반 녀석들이 좋아하는 동영상이나 생방송 같은 걸 일단 체크하니까."

오타쿠 화제에 빠삭한 올라운드 오타쿠라는 것도 나름대로 힘들다고.

인터넷 노래방맨[#1] 같은 전혀 흥미 없는 것도 가급적 들어

#1 인터넷 노래방맨 유명 동영상 사이트에 직접 노래를 불러서 올리는, 일명 우타이테를 비하하는 표현.

둬야 한단 말이지. 문득 귀에 들어왔을 때 서로 히죽 웃는다는, 오타쿠끼리의 숨겨진 커뮤니케이션을 취하기 위해 필요하니까 참 곤란해.

"……아카네, 우리를 그런 눈으로 보고 있었어?"

"그런 건 아니지만! 그런 요소도 있다는 이야기야!"

아키야마가 곤혹스러운 표정을 짓자 세가와가 필사적으로 변명을 했지만 조금도 신용할 수 없었다.

너 완전히 현실 오프라인을 공략할 생각으로 이거 읽고 있는 거지? 아, 그래그래. 위키에 쓰여 있는 이야기를 잘난 듯 떠벌리는 noob 수고ㅋ, 같은 생각하고 있잖아.

"어쨌든! 잘 알겠지, 아코! 사전에 공략 정보를 보지 않고 온라인 게임 같은 걸 했다간 다른 플레이어와의 거리가 벌어지는 건 당연한 이치야!"

"저는 그런 맨땅에 헤딩 플레이를 좋아한다고요."

"맨땅에 헤딩 플레이가 용납되는 시기는 벌써 지났다고! 직업 고정에다 경험자 한정 모집, 완전 반복 노가다 파티밖에 남아 있지 않단 말이야. 오프라인은!"

"말기 게임은 싫어요오오오오오."

"포기해! 우리는 이 현실 오프라인에 붙어 있을 수밖에 없어! 지금까지 얼마나 과금한 줄 알아?!"

"그만둬, 그만두라고……."

너무나도 슬픈 대화라 나까지 눈물이 나올 것 같았다.

“저기 아카네. 그런 생각은 좀 그렇지 않을까? 다들 의무감으로 옷을 고르고 있는 게 아니고, 다른 사람에 맞춰서 좋아하는 브랜드를 생각하고 있는 것도 아니니까. 타마키가 좋다고 생각할 때까지 천천히 해도 괜찮아, 천천히…….”

“아아 정말, 시끄럽네! 너도 전혀 모르고 있잖아!”

“어, 어어? 나?!”

“세테일 때 말이야! 초보자 위키조차 보지 않으니까 LA에서 우리한테 실컷 민폐를 끼치고 있잖아! 알기나 해?!”

그동안 꽤나 쌓여 있었는지 세가와의 뚜껑이 성대하게 열렸다.

아키야마가 박력에 밀리는 틈을 타서 계속 불평을 늘어놓는다.

“애초에 우리가 나나코에게 가르쳐주는 건 전부 위키에 쓰여 있는 거란 말이야! 혼자서 연습하면 곧바로 할 수 있게 된다고!”

“그, 그치만 모처럼 같이 하는 거고…….”

“던전의 기본 정도는 보고 오라는 거야! 그런 걸 모르니까 아무렇게나 함정을 건드려서 대참사가 벌어지는 거잖아?!”

“그건 미안하다고 생각하지만…….”

확실히 세테 씨를 던전에 데려갔을 때, 순서가 정해져 있는 버튼을 대충 눌러버리는 바람에 대폭발이 일어난 적이 있었지…….

"그러고 보니 어제도 다른 파티가 잡고 있던 대형 몬스터를 착각해서 공격한 바람에 연계가 엉망이 됐었죠……."

"그, 그건 몰랐단 말이야. 커다란 적을 모두 함께 쓰러뜨리는 거라고 생각해서!"

"모른다고 해서 용서받을 수 있는 게 아니라는 소리를 하려는 거잖아! 스스로 모른다는 걸 안다면 조사를 하라는 거야!"

"미, 미안해. 앞으로 조심할게."

굉장하다. 왠지 공수가 역전됐어.

저 아키야마가 저렇게 풀이 죽어서 사과하는 모습은 처음 봤다.

"자, 아코. 현실에서도 정보가 딸리면 이렇게 되는 거야."

"알겠습니다. 저렇게 되지 않기 위해 열심히 읽어둘게요."

아코는 힘차게 끄덕이며 세가와에게서 잡지를 받아 들었다. 파닥파닥 페이지를 넘기며 공략 사이트를 보는 것처럼, 정보만을 찾아보겠다는 눈빛으로 내용을 읽어간다. 저렇게 읽는 게 정말로 올바른 걸까.

얼핏 보면 잘된 일이라고 넘어갈 수 있긴 하지만.

"……왠지 납득이 안 가."

아키야마만 불만스러워하고 있었다.

"저기, 이야기가 정리됐으니까 난 돌아가도 될까?"

"어라, 오늘은 부활동 없나요?"

"지금은 모든 부활동이 쉬잖아."

"그럼 저는 왜 학교에 온 건가요?!"

"나한테 화내서 뭐 하냐."

그보다 설령 부활동이 없더라도 제대로 학교에는 와줬으면 한다만.

아코는 그런 나의 마음은 아랑곳하지 않고 후회감에 가득 차서 어깨를 떨궜다.

"어중간하게 우리 반 애들하고 얽히는 탓에 예전보다 훨씬 피로가 쌓이고 있단 말이에요."

"모르는 바는 아니다만……."

익숙하지 않은 상대와 대화를 나누는 건 자는 척을 하는 것보다 훨씬 힘들 것이다.

"그래. 너희는 돌아가. 나는 나나코와 확실히 담판을 지을 테니까."

"어, 잠깐 잠깐. 같이 돌아가자."

"됐으니까 남아."

"……그럼, 수고해라."

으스스한 눈초리의 세가와를 뒤로하고 아코에게 말을 걸었다.

"자, 최종 보스는 슈에게 맡기고 돌아가자."

"네에."

아쉬운 듯이 부실이 있는 건물 쪽으로 눈을 돌리는 아코의 등을 밀며 우리는 귀로를 밟았다.

"부활동은 한동안 없는 거네요……."

"아직도 그 소리냐."

교문을 나서도 아코는 아직 아쉬워 보였다.

그렇게나 부활동을 기대하고 있었다니 조금 기쁜 마음이 들지만, 그렇다고 해서 그것만이 목적이 되어선 곤란하다.

"그치만 부활동을 위해 학교에 오고 있는데 부활동이 없으면 의미가 없잖아요!"

봐봐, 이런 소리를 하게 된다니까.

"스스로의 인생을 위해 학교에 와줬으면 하는데."

"루시안과의 장래를 위해서라면 참을 수도 있어요."

"나는 네 장래에 대해서는 책임 못 진다."

장래의 일은 장래의 나보고 생각하라고 하자. 지금 나는 오늘 밤 로그인하면 뭘 사냥할지 생각하는 것만으로도 빠듯하다고.

"그치만 부활동이 없다는 걸 알게 되면 내일부터 학교 같은 덴 안 가도 되겠다는 기분이 든단 말이에요. 특전 아이템이 대단치 않다는 걸 알게 된 후의 연속 로그인 이벤트 같은 느낌으로요."

"그렇게 뭐라 뭐라 하면서도 로그인해서 결국 아이템은 받잖아. 힘내라고."

“모르는 사이에 딱 하루가 부족해서 완전 제패 특전을 못 받게 되어 울 것 같은데요.”

“너의 경우 최저 로그인 할당량부터 이미 위험하다고. 부탁 좀 하자.”

출석 일수라는 의미로.

일단 최저한의 할당량은 클리어하지 않으면 특전을 받을 수 없을걸.

“맞다! 서버 대항 이벤트와 비슷한 시스템으로 하지 않을래요? 제가 노력하지 않아도 우리 반의 다른 누가 대신 등록해주면 특전을 받을 수 있게 하는 거예요!”

“그랬다간 서버별 스레드가 엄청 소란스러워질걸. 네가 싸늘한 눈초리를 받게 될 뿐이야.”

“안 되나요.”

시무룩해져서 어깨를 떨군 아코는 터덜터덜 걸음을 옮겼다.

작은 등에 손을 대서 밀어보니 조금 놀랄 정도로 가벼웠다.

“자, 밀어줄 테니까 힘내라, 힘내.”

“걷는 것도 힘드니까 이대로 등을 밀어주세요!”

“체중 싣지 마.”

“하웃.”

가볍게 등을 밀자 아코의 가벼운 몸이 살짝 앞으로 나갔다. 그러나 아코는 마치 잘 길들여진 강아지처럼 곧장 나에게로 돌아왔다.

잠시라도 긴장을 풀면 몸이 닿을 정도로, 굉장히, 굉장히 가까운 거리를 걷는 나의 신부.

아른거리는 흑발은 처음 만났을 때보다 조금 길어진 것 같았다.

뭔가 답답하다. 굉장히, 답답했다.

지금도 바로 옆에 있는데도, 조금 더 아코에게 다가갈 수 있을 것 같은, 다가가고 싶은, 그런 기분이 들었다.

"……응? 루시안?"

그런 생각을 하던 내 시선을 깨달은 아코가 웃으며 고개를 갸웃했다.

이런, 잘 모르겠지만 엄청 부끄러운 생각을 했다.

보고 있던 걸 얼버무리기 위해 허둥지둥 입을 열었다.

"아~ 그러고 보니 이제 곧 여름 방학인가~."

"그러네요."

아코는 내 국어책 읽기에도 그다지 개의치 않고 답했다.

"괴롭고 힘들었던 학교도 끝나는 날이 오네요. 앞으로는 꿈같은 나날이 기다리고 있어요. 낮에 느긋하게 일어나서 온라인 게임을 하고, 저녁을 먹고 온라인 게임을 하고, 밤늦게까지 온라인 게임을 하고, 해가 중천에 뜰 때까지 자는 거예요."

"나도 비슷한 생활을 할 것 같지만, 다른 사람 입으로 들으면 완전무결한 막장 인간이네."

"LA도 활기가 넘칠 거고, 이벤트도 늘어날 테니 하지 않고는 배길 수 없잖아요."

온라인 게임 삼매경 생활을 상상하는지 아코는 군침이 흐를 것 같은 몽롱한 표정을 짓고 있었다.

확실히 나도 여름 방학은 기대된다.

온라인 게임으로 시작해서 온라인 게임으로 끝난다. 그런 여름 방학이야말로 이상이며, 나는 전력으로 그런 여름 방학을 만끽하겠다고 신에게 맹세할 수도 있다.

그래. 정말로 기대된다. 기대되긴 하지만…… 조금 걸리는 부분이 있었다.

"근데 학교에 안 온다는 건, 한동안 아코와 만나지 못한다는 거네."

"네? LA에서 언제라도 만날 수 있잖아요?"

"LA에서야 만날 수 있지만, 실제로는 못 만나잖아."

아무리 교정하려고 해도 아직까지 게임과 현실을 그다지 구별하지 못하는 아코. 이 녀석은 LA 속에서만 만날 수 있다면 그걸로 괜찮은 걸지도 모른다.

하지만 극히 평범한 내 입장에서는, 친한 여자아이와 한 달 이상 만나지 못하는 건 여러 의미로 아쉽단 말이지.

"여름 방학 중에는 부활동도 없는 건가요?"

"사이토 선생님이 회장한테 좀 봐달라고 부탁하더라."

부활동을 할 경우 고문이 같이 있어야만 하니 말이지.

"그런가요……."

"그렇다나봐."

"……."

"……."

왠지 모르게 대화가 끊어져서 그대로 말없이 걸었다.

그런데 만나지 못하는 사이 처음으로 깨닫는다— 같은 이야기가 자주 있지만, 한동안 만나지 못한다고 생각하는 것만으로도 이렇게나 텐션이 내려갈 줄이야.

"……모르는 사이 아코에게 오염되어가고 있던 걸까, 나."

"그, 그런 소리 하지 말아주세요. 어린 시절에 『타마키균(킨)이다~. 줄여서 타마킨이다~.』[#2]라며 놀림을 받던 기억이 되살아나잖아요!"

"왠지 정말 미안."

트라우마를 자극할 생각은 없었어. 아니, 정말로.

"고등학교에서도 들었다간 이번에야말로 학교 그만둘 거예요."

"그런 애들 같은 짓은 안 한다니까. 그리고 시험만 끝나면 한동안 여름 방학이잖아. 쉬는 동안 여러모로 편안하게 지내면 2학기에는 원래대로 돌아갈지도 몰라."

"윽!"

아코가 움찔 몸을 떨었다. 어라, 지금 뭔가 반응할 게 있

#2 타마킨 타마킨은 남성기를 뜻하는 비속어.

었나?

어어, 내가 했던 말이, 2학기, 여름 방학, 그리고—.

"—시험."

"윽!!"

아코가 움찔움찔 강한 반응을 보였다.

아아, 이 얼마나 알기 쉬운가.

근데 시험이란 단어에 이런 반응을 보인다는 건…….

"아코, 시험공부, 제대로 하고 있어?"

"……저, 장래의 꿈은 주부라서."

아코가 눈을 돌리며 말했다. 우와아, 이거 글러먹었네.

여름 방학. 한여름의 추억. 한여름의 경험.

그런 미래를 말하기에 앞서, 내 신부의 앞에는 커다란 벽이 가로놓여 있는 모양이다.

††† ††† †††

온라인 게임에서 딱히 이벤트가 없는데 멋대로 로그인 플레이어수가 증감하는 시기가 있다.

그건 학교의 정기 고사 전과, 정기 고사 후다.

나처럼 불성실한 온라인 게이머는 시험 기간 중에도 태연하게 로그인하지만 역시 시험 기간 직전에는 학생 플레이어의 숫자가 줄어든다.

길드 앨리 캣츠도 시험 기간 직전에는 멤버가 그리 잘 모이지 않는 것이 보통이다.

이전에는 신경 쓰지 않았지만, 잘 생각해보면 시험 기간 직전에 없다는 것만으로도 본모습이 학생이라는 게 뻔히 다 보인단 말이지.

그런고로, 절찬리에 기말고사 직전인 현재.

온라인 게임 『레전더리 에이지』 안에 존재하는, 우리가 평소 머무는 술집에는 현재 아무도 없……어야 하지만.

◆루시안 : 그럼 다음 문제. 정부가 농지를 빌려주고 수입의 일부를 세금으로 징수하는 제도를 뭐라고 부르는가?

◆아코 : 반전수수법…….

◆루시안 : 정답. 한자로 쓸 수 있게 해둬. 말할 것도 없지만, 간전영년사재법[#3]과의 구별은 문장으로 설명할 수 있어야 해.

◆아코 : 우우우…… 일본사는 이제 싫어요…… 한자가 머릿속에서 춤춘다고요…….

아코가 슬금슬금 나에게서 떨어졌다.

그러나 그 뒤편에는 이미 또 한 명의 자객이 숨어 있었다.

◆슈바인 : 좋아, 그럼 수학이다. 이 몸이 손수 가르쳐주마. 인수 분해부터 다시 할 테니까 노트 펼쳐.

◆아코 : 수학은 더 싫어요오오오오오.

#3 간전영년사재법 새로 개간한 토지를 완전히 사유할 수 있게 하는 일본 나라 시대의 법.

아코가 발광하며 술집에서 뛰쳐나갔다. 그 바로 앞, 술집에서 나가는 워프 포인트 앞에 아무런 전조도 없이 얼음벽이 솟아올랐다.

◆애플리코트 : 내 아이시클 월에서 도망칠 수 있으리라 생각하지 마라.

◆아코 : 워프 포인트 봉쇄는 이용 규약 위반이에요!

◆슈바인 : 쫑알대지 말고 빨리 해. 35페이지의 연습 문제 A.

◆아코 : 이상해요! 이건 절대로 이상해요! 전 게임을 하려고 왔는데, 아무리 봐도 완전히 공부를 하고 있잖아요!

아코가 필사적으로 호소했지만 우리는 당연한 듯이 흘려보냈다.

◆루시안 : 당연히 공부하고 있는 건데.

◆아코 : 어째서 공부를 해야 하는 건가요오오오오오.

◆루시안 : 네가 중간고사에서 터무니없는 점수를 냈기 때문이잖아!

바로 그랬다. 아무래도 불길한 예감이 들었던 나는 아코의 집까지 가서 중간고사 결과를 보고, 그 어마어마한 점수에 기겁을 하고 말았다.

성적이 나쁘다고는 들었지만 설마 이 정도로 엄청날 줄이야, 정말로 예상 외였다.

이대로 가다간 아코가 1학년을 루프할 수도 있다. 하지만 내버려 둔다고 공부할 녀석이 아니다.

아무튼 내 신부다. 나랑 마찬가지로 성가신 일, 싫은 일에서 가능한 한 멀어지고 싶어 하는 게 아코다.

그런 아코에게 억지로라도 공부를 시키기 위한 작전으로, 이렇게 게임 속에서 강제적으로 공부를 가르쳐주기로 한 것이다.

◆아코 : 1학기 정도는 상관없잖아요. 설령 성적이 나빠도 여름 방학 때 조금 보충 수업을 받을 뿐이라고요.

◆고양이공주 : 선생님도 수험생만으로 빠듯하다냐. 가능하면 1학년한테 보충 수업을 시키고 싶지는 않으니까 열심히 해줬으면 좋겠다냐.

◆아코 : 선생님의 처지는 몰라요! 수학은 어제 엄청나게 했잖아요, 이제 오늘은 못 해요!

◆고양이공주 : 수학이 싫다면 국어를 해라냐. 교과서 83페이지를 펼치라냐.

◆아코 : 잠깐만요, 이거 국어 선생님이 국어 수업을 하는 거죠?! 그냥 이거 자체가 보충이죠?!

아코가 어떤 의미로 정확한 반론을 하자 고양이공주 씨는 씨익 웃으며 말했다.

◆고양이공주 : 고양이공주 씨는 선생님이 아니다냐. 하지만 성실하게 하지 않으면 신비한 힘으로 아코의 내신 점수가 내려갈 거다냐.

◆아코 : 불합리해요오오오오!

그렇게 놀았는데도 조금이라도 내신 점수를 받을 수 있다는 시점에서 감사하라고.

◆고양이공주 : 잠자코 하는 거다냐. 여기는 시험에 냈으니까 중요하다냐.

고양이공주 선생님의 열혈 보충 in 레전더리 에이지가 스타트했다. 시험 기간 직전에 선생님이 복습을 시켜주는 거니까 조금 이득을 보는 기분이다. 나도 들어둘까.

◆세테 : 저기 저기, 니시무라.

◆루시안 : 누구 말씀이신지~.

◆세테 : 저기 저기, 루시안.

◆루시안 : 오우. 무슨 일이신지.

그보다 아키야마는 공부 안 해도 돼?

뭐 있어도 딱히 상관은 없지만. 아코가 조금 겁먹으니까 공부를 시키기도 쉽고.

아키야마— 세테 씨는 최근 막 기억한 의문 부호를 뿅 하고 띄우는 감정 표현을 하고는.

◆세테 : 고양이공주라는 사람, 여기는 시험에 『냈으니까』라고 했지?

◆루시안 : 아무 말 마. 메모해두자고.

◆세테 : 네에.

◆아코 : 어려운 책은 싫어요오오오.

◆고양이공주 : 수필은 필수 분야다냐. 넘어갈 수 없다냐.

게임 속에서 공부를 시킨다는, 받는 쪽도 시키는 쪽도 괴로운 지옥의 시간은 기말고사가 끝날 때까지 이어졌다.

도망치려던 아코한테 억지로 문제를 풀게 만들었던 보람이 있었는지.

◆아코 : 헤쳐 나왔어요…… 저, 해냈어요…… 에헤, 에헤헤헤.

채팅 문자 너머에서도 전해질 정도로 망가진 상태의 아코.

그러나 그 노력이 보답을 받아, 그녀에게도 제대로 여름방학이 찾아오게 되었다.

◆슈바인 : 설마 추가 시험도 받을 필요가 없을 줄이야. 이것도 이 몸의 힘인가.

◆애플리코트 : 애초에 우리 학교에서 추가 시험이 시행되는 건 매우 드물다만.

◆루시안 : 그 드문 사례 중 하나가 될 뻔 했구나, 아코…….

◆아코 : 그렇게 되지는 않았잖아요, 대승리예요!

끝이 좋으면 다 좋다며 승리를 자축하는 아코를 향해 고양이공주 씨가 조금 차가운 태도로 말했다.

◆고양이공주 : 적어도 국어는 아슬아슬하게 아웃이었다냐. 아마 다른 과목도 살짝 아웃이었을 거라 생각한다냐.

◆슈바인 : 어이. 그걸 세이프로 해도 되는 거냐?

슈바인이 묻자 고양이공주 씨는 벌떡 일어서서 주먹을 움켜쥐었다.

◆고양이공주 : 선생님이라고 해서 여름 방학에 쉬는 건 아니다냐! 규정 일수, 규정 시간에는 일을 하고 연수, 회의, 부활동 지도에 보충 수업이다냐! 주변에 있던 학생들이 쉬는 만큼 훨씬 스트레스가 쌓인단 말이다냐!

◆루시안 : 그래서 아코 한 명을 위한 보충 수업 같은 건 못 한다는 건가요.

그 결과 아코가 시험을 헤쳐 나왔다는 건데, 이게 과연 좋은 건지, 나쁜 건지.

◆고양이공주 : 괜찮다냐. 2학기는 정신 바짝 차리고 지도하겠다고 회의에서 정했다냐.

◆아코 : 저 문제아인가요.

뭘 이제 와서.

이미 한참 전부터 꼬리표가 붙은 문제아잖아.

◆아코 : 아무튼 그렇게 됐으니, 자아 사냥을 떠나죠!

아코는 그렇게 말하고는 비틀비틀 무기를 겨눴다.

◆루시안 : 비틀거리잖아.

◆아코 : 할 수 있어요, 전 할 수 있다니까요!

입으로는 의욕이 넘치는데 동작은 위태로웠다.

보아하니 익숙지 않은 공부 탓에 진짜로 피로가 쌓인 모양이다.

◆루시안 : 열심히 시험을 쳤으니까 오늘은 빨리 자라고.

◆아코 : 그, 그치만.

◆애플리코트 : 내일은 여름 방학 전 마지막 부활동이 있다. 학교를 쉬는 건 용납 못 해.

마스터가 말하자 아코는 우뚝 움직임을 멈췄다.

◆아코 : ……잘게요.

너 내일 쉴 생각이었지, 라는 태클을 필사적으로 참았다.

수업이 전혀 없는, 일단 학교를 가기만 하면 되는 날이니까 이런 부분에서 부족한 출석 일수를 채우라고 했건만.

그리고, 그리고 말이지.

여름 방학 전에 아코를 만날 수 있는 기회, 굉장히 적단 말이야.

제대로 오라고, 나를 만나러— 라고는 물론 말할 수 없었다.

◆루시안 : 아코, 잘 자라.

◆고양이공주 : 나도 성적 평가를 하다가 자겠다냐.

제 성적도 빠뜨리지 않고 잘 부탁드립니다.

아코와 고양이공주 씨는 부와앙 하는 SE와 함께 로그아웃해서 사라졌다.

◆슈바인 : 뭐, 저 녀석 덕분에 이 몸의 성적도 올랐고, 넘어가기로 할까.

◆루시안 : 어, 너, 그렇게 LA 해놓고서 성적이 오른 거야?

◆슈바인 : 남을 가르쳐주면 이해력이 늘어난다고 하잖아.

아무리 그래도 상대가 아코면 좀 그렇지 않나.

교과서를 다시 읽는 것과 그리 차이가 없는 느낌이었다고.

◆애플리코트 : 루시안은 내려간 건가.

◆루시안 : 현상 유지……려나.

고양이공주 씨 덕분에 국어 성적은 올랐지만 전부 더해서 종합하면 중간고사랑 똑같다. 이런 걸 현상 유지라고 할 수 있다면 말이지만.

◆애플리코트 : 그럼 넘어가도록 할까.

으음, 하고 거만하게 말하는 마스터의 점수가 어떤지는 묻고 싶지도 않았다.

그리고 그 점수를 누구에게도 자랑하지 않고 혼자서 보고 있던 건가 생각하니 눈물이 앞을 가렸다.

◆애플리코트 : 그럼 나도 끄기로 할까.

◆슈바인 : 그럼 이 몸도.

왠지 모르게 다들 끄는 흐름이 되었는지 두 사람 다 이어서 로그아웃을 하려고 했다.

◆루시안 : 아, 두 사람 다 잠깐 기다려줘.

그런 로그아웃 러시의 흐름을 허둥지둥 틀어막았다.

◆슈바인 : 응?

◆루시안 : 상담할 게 있거든.

내가 그렇게 말하자 두 사람 모두 동시에 머리 위로 !! 라는 감정 표현을 띄웠다.

나는 딱히 스네이크가 아닌데.

◆슈바인 : 어이, 뭐야 그 진지한 분위기가 감도는 말투는.

◆루시안 : 꽤나 진지한 이야기거든.

꽤나, 아니 엄청 진지한 이야기였다.

조금 긴장감이 감도는 내 분위기를 느꼈는지 마스터가 다시 의자에 앉았다.

◆애플리코트 : 재미있군. 이 길마에게 뭐든지 상담하도록 해라!

어째서 부탁을 받으면 이렇게 기뻐하는 걸까 이 길마는. 귀엽긴 하지만.

◆루시안 : 그럼 조금 채팅을 바꿔서…….

길드 멤버 전용 채팅으로 윈도를 바꿨다. 만에 하나라도, 갑자기 아키야마가 나타나서 듣게 된다거나 하는 건 곤란했다.

◆루시안 : 그래서 상담 말인데.

◆슈바인 : 오냐.

◆애플리코트 : 아아.

딱히 현실에서 이야기하는 게 아니건만 침이 꿀꺽 넘어갔다.

약간 떨리는 손으로 두 번 정도 다시 고치다가 결국 채팅을 입력했다.

◆루시안 : 아코한테 고백하고 싶은데, 어떻게 해야 좋을까?

――.

수수께끼의 침묵이 흘렀다. 두 사람은 미동도 하지 않았다.

어라? 렉이라도 걸렸나? 채팅이 표시되지 않은 건가?

◆루시안 : 아코한테 고백하고 싶은데, 어떻게 해야 좋을까?

◆슈바인 : 들었어! 그건 이미 들었다고!

슈바인이 즉시 말했다.

오오, 안의 사람이 되어 있는데. 안녕 세가와.

◆루시안 : 뭐야, 대답이 없길래 못 들은 건 줄 알았잖아.

◆슈바인 : 다 들렸어. 워낙 뜬금없어서 생각을 좀 하고 있었을 뿐이야.

그렇게 뜬금없는 상담이었나.

나로서는 이 둘에게 의지할 수밖에 없을 정도로 절박한 심정인데.

◆슈바인 : 그건 그렇고…… 고백? 아코한테? 왜 이제 와서?

◆루시안 : 왜냐고 물어보면 복잡하긴 한데, 현실의 아코와 함께 지내게 된 것도 꽤 오래됐고, 부모님과 만날 기회도

있었고, 그 밖에도 여러 일이 있었잖아.

주로 살색 같은 것을 목격했다거나, 좀 더 위험한 걸 목격했다거나.

아무리 나라도 슬슬 결심을 해야 할 때가 왔다고 생각한단 말이지.

그리고 최대의 이유는.

◆루시안 : 이제 곧 여름 방학이 오잖아. 그러면 게임 밖에서는 한동안 아코를 만날 수 없게 돼. 그건…… 좀 쓸쓸하구나 싶어서.

◆슈바인 :아, 그래그래. 알았어, 알았어.

슈바인― 세가와는 굉장히 귀찮다는 듯이 손을 내저었다.

뭐야, 그렇게 대충 넘어가는 투로 말하지 않아도 되잖아.

평소에는 연애 이야기 같은 거 좋아하는 주제에.

◆슈바인 : 하고 싶으면 멋대로 고백하면 되잖아. 그리고 멋대로 사귀면 되잖아. 우리하곤 상관없으니까.

◆애플리코트 : 남 일이라고는 할 수 없지만, 역시 이건 아코와 루시안의 문제다. 둘이 연인 사이가 된다면 우리도 딱히 막을 생각은 없다.

아니 아니 그게 아니야, 그런 이야기가 아니라고.

둘 다 이상한 착각을 하고 있네. 나 참.

◆루시안 : 그런 이야기가 아니라고.

◆슈바인 : ……그럼 무슨 이야기인데.

◆슈바인 : 이야기인냐.

세가와, 굳이 말투를 돌려놓지 않아도 돼.

그리고 돌아간 말투가 약간 이상해졌어.

◆루시안 : 아코랑 사귀게 되어도 화내지 않을 거냐는 이야기가 아니야. 그건 제대로 고백에 성공한 뒤에 상담할게.

현대통신전자 유희부의 부활동 내 연애에 대해선 나중에 부장인 마스터의 허가를 받고 싶다. 물론 안 된다고 해도 물러날 생각은 없지만— 그건 성공한 뒤의 이야기다.

◆루시안 : 내가 묻고 싶은 건, 아코에게 어떻게 고백해야 좋을지에 관한 거야.

——.

또 침묵이 이어졌다.

왠지 오늘 렉이 심하네. 서버 괜찮나?

최근 시작된 새로운 MMO에서 서버 가져간다면서 예산 줄인 거 아냐?

◆루시안 : 아코에게 고백할 때 어떤 식으로 이야기해야 성공률이 높을까?

◆애플리코트 : 말을 고치지 않아도 돼. 듣고 있다.

◆루시안 : 어어, 이번에도 대답이 없길래.

채팅창 문제인 줄 알았어.

◆루시안 : 그럼 어떻게 생각해? 자랑은 아니지만 여심 같은 건 전혀 모르겠고, 부디 상담을 받아줬으면 좋겠는데.

◆슈바인 : 어떻게, 라고…….

◆애플리코트 : 물어본들, 말이지.

두 사람은 나란히 의문 부호를 띄웠다.

◆애플리코트 : 설령 그 어떤 상황에서 마음을 전한다 해도 딱히 결과는 변하지 않을 거라 생각한다만.

◆슈바인 : 슬슬 우리한테 싸움 거는 건가 싶은 느낌이 들어.

실제로 슈의 머리 위에 분노 마크가 불쑥불쑥 나타났다.

◆슈바인 : 그런 건 아무렇게나 해도 돼. 뭣하면 지금부터 전화를 걸어서 대충 고백해도 될걸. 어차피 그 애는 거절 안 할 거야.

콧김을 내뿜으며 말한다.

그렇게 생각하느냐, 정말 그렇게 생각하느냐. 슈바인이여.

◆슈바인 : 나 참. 진지한 상담이라고 해서 뭔가 했더니만, 말해두지만 염장질을 들을 생각은 없거든.

◆애플리코트 : 될 만해서 된다는 느낌이로군. 축복해주마.

◆루시안 : 너희들 잠깐 기다려.

멋대로 이야기를 정리하려고 하지 말라고.

언제 고백해도 마찬가지? 어차피 성공한다고?

이 녀석들 너무 간단히 말하는 거 아니야?

◆루시안 : 절대로 성공한다든가 아무렇게나 하라든가 남 일이라고 멋대로 말하기는― 저기 말이야. 대체 그런 보장이

어디에 있어!

◆슈바인 : 아까도 너를 사랑한다고 했잖아.

◆애플리코트 : 음.

◆루시안 : 그건 『루시안』이잖아! 내가 아니야!

나는 벌떡 일어서고는 마음속에서 끓어오르는 불안감을 문자로 바꿔서 두드렸다.

◆루시안 : 확실히 나는 게임 속에서는 아코의 사랑을 받고 있어! 서로 좋아해! 틀림없어! 하지만 게임 밖의, 현실의 내가 아코의 사랑을 받고 있다는 자신은 조금도 없다고!

◆슈바인 : …………왜 그런 한심한 소리를 자신만만하게 하는데.

본심이니까 어쩔 수 없잖아!

『루시안』은 좋아한다, 사랑한다 하며 결혼해달라고 하지만, 현실의 나를 좋아할 거라고는 단언할 수 없다.

『루시안』 부분을 떼어놓은 나를 아코가 어떻게 생각하는지, 처음 만난 그날부터 계속 불안한 상태였다.

◆루시안 : 그치만 아코, 귀엽잖아. 나랑 이야기할 때는 꽤나 활기차니까 우리 반에서도 조금 신경 쓰인다는 녀석이 있고. 나한테는 절벽 위에 꽃 같고.

◆슈바인 : 설령 신경 쓰인다고 해도 너 말고는 일도양단이잖아.

슈는 나를 보며 별수 없는 녀석이라는 듯이 어깨를 으쓱했다.

◆슈바인 : 확실히 현실의 아코는 성격이랑 머리 모양이랑 복장만 조금 어떻게 하면 인기 많을 것 같긴 해.

◆애플리코트 : 슈, 슈바인? 그건 다른 의미로는 얼굴 말고는 전부 글러먹었다는 소리 아닌가?

마스터가 미묘하게 굳어진 태도로 말했지만 무시당했다.

◆슈바인 : 하지만 실제론 커뮤니케이션 장애를 가진 외톨이인 데다 여러모로 어쩔 도리가 없는 애니까, 너랑 잘 어울리지 않아?

◆루시안 : 그런가아?

◆슈바인 : 조사해보면 『비슷한 수준의 강함이다.』라고 나올 거야. 아마도.

그거 엄청 폭이 넓지 않아? 전혀 신용이 안 가잖아.

하지만 나라도 어울리는 건가. 그럼 다행이지만…… 역시 자신이 없다.

◆애플리코트 : 애초에 말이다. 나는 아코 군이 루시안을 좋아하는데 현실과 게임은 관계없는 것처럼 보인다만.

마스터가 의아한 듯이 말했다.

◆슈바인 : 맞아. 원래부터 게임과 현실을 전혀 구별하지 않는 애였지만, 요즘은 부모님하고 상견례도 했으니 정식 약혼 취급이다~ 같은 소리를 굉장히 해맑게 웃으면서 했잖아.

그래 봬도 조금은 나아진 편 아니야? 라고 말하는 세가와.

◆루시안 : ……나도 그렇게 생각해. 솔직한 심정으로 말하면 승률은 높다고 봐.

아코에게 차이는 자신을 상상할 수 없는 것도 역시 사실이긴 해.

그보다 그렇지 않다면 고백한다는 생각조차 못 한다고. 나 같은 놈은.

◆슈바인 : 그럼 고백하면 되잖아.

◆루시안 : 가볍게 말하지 마!

나는 가볍게 말하는 슈를 향해 외쳤다.

◆루시안 : 아마 성공할 거라 생각한다. 분명 잘될 거라 생각한다. 틀림없이 괜찮을 거라 생각한다— 결국은 그 정도의 확률이라고?! 그러다 막상 실패하면 어쩔 건데?!

아코와의 마음 편한 관계는 완벽하게 붕괴한다. 나는 다시 길드를 나와 솔로의 몸이 될 거고, 마스터나 슈와는 현실에서도 거북해질 것이다. 게다가 공연히 학교 전체에 소문이 퍼진 만큼, 아코와 거리가 멀어졌다는 것도 우리 반 애들한테는 금방 들킬 거고—.

◆루시안 : 모든 의미에서 파멸이야아아아아아아아!

◆애플리코트 : 승률은 높아도 실패했을 때의 대미지가 큰 것은 부정할 수 없다만…….

◆슈바인 : 딱히 차였다고 길드를 나갈 필요는 없지 않아?

남는 게 오히려 괴롭다고, 그런 건.

그보다 말이지. 아무리 상대가 아코라도 온라인 게임밖에 하지 않는 글러먹은 오타쿠 인간인 나한테는 진지한 고백 같은 건 힘들다니까, 무섭다고.

왜냐하면 고백은커녕, 사랑다운 사랑도 제대로 하지 못했으니 말이지!

왠지 저 애 귀엽네~ 같은 생각은 하지만 말을 걸 용기가 없어서 말 한마디 하지 못한 채 잊어버렸다, 같은 것을 제외하면 아코가 내 첫사랑이라고!

◆루시안 : 이제 생각하는 것만으로도 심장이 위험할 정도로 무섭단 말이야!

◆슈바인 : 얼마나 불안해하는 거야.

생애 최고의 불안감이야!

그렇지만, 그렇지만.

역시 여친 갖고 싶잖아. 아코 귀여우니까. 사귈 수만 있다면 사귀고 싶잖아.

약간이라도 좋으니까 평범한 연인처럼 지내고 싶잖아.

◆슈바인 : ……일단 물어보겠는데.

◆루시안 : 응?

그때 슈바인이 내 정면으로 이동해서는 노려보는 자세로 말했다.

◆슈바인 : 너, 아코를 좋아하는 거지?

……저기, 그게 말이죠.

◆루시안 : 그거, 꼭 말해야 돼? 반드시? 생각하는 것만으로도 얼굴에서 불이 튀어나올 것 같은데.

◆슈바인 : ……그 반응이 이미 대답이잖아.

그치만 쑥스럽잖아. 부끄럽잖아.

아코 말고 다른 녀석한테 좋아한다고 말한 적은 지금까지 살아온 인생 중 한 번도 없다고.

내 리액션에 납득한 건지, 슈바인은 나에게서 떨어져서 털썩 의자에 주저앉았다.

◆슈바인 : 아~ 정말. 귀찮기 그지없네. 그렇게 좋아한다면 거만하게 『현실하고 게임은 달라!』라는 말은 안 했어도 됐잖아.

◆루시안 : 그래도 그건 후회하지 않아. 지금도 게임은 빼고 현실 한정의 이야기를 하고 있는 거고…… 그러니까 자신이 없는 거고…….

현실에서의 나는…… 막장 인간이잖아…….

◆슈바인 : LA 속의 너라면 현실의 니시무라보다 열 배 정도는 더 믿음직하니까.

◆루시안 : 알고 있다고오오오.

젠장, 그러니까 상담을 하는 거 아냐.

◆애플리코트 : 바깥의 루시안도 그렇게 못 써먹을 정도는 아니라고 생각한다만…… 하지만 아코 상대로 성공률이 높은 고백 방법인가.

◆슈바인 : 고백 방법, 이라…….

――.

다시금 긴 침묵.

생각해주고 있는, 건가.

◆루시안 : ……여자의 시선으로 볼 때, 뭐 없을까?

조심조심 묻자, 두 사람 모두 미묘하게 나에게서 시선을 돌렸다.

◆슈바인 : 저기…… 마스터, 인기 많은 것 같던데, 그런 경험 풍부하지 않아?

◆애플리코트 : 바보 같은 소리. 나에게 연인이 있었던 시간은 1프레임도 없다.

1프레임도 없는 건가. 그렇게까지 나온다면 틀림없겠네.

◆애플리코트 : 애초에 말이다. 이런 소리는 그다지 하고 싶지 않았다만.

◆루시안 : 으응?

마스터는 우리를 슬픈 눈빛으로 바라보면서, 이렇게 말했다.

◆애플리코트 : 아무리 과금을 해도, 연인은 생기지 않는 법이다.

과금의 한계를 말하는 마스터를 뚫어져라 보고 말았다.

◆슈바인 : ……안 생기지는, 않지 않아?

◆루시안 : 그건 아마 연인이 아닌 다른 뭔가 아닐까.

슬픈 현실이었다.

◆애플리코트 : 오히려 슈바인, 너야말로 고백을 많이 받는다고 들은 적이 있다만.

◆슈바인 : 그건 상대방이 해 오는 거고…… 애초에 찼단 말이야. 그걸 참고로 했다간 루시안이 옥쇄해버리잖아.

그건 절대로 참고하고 싶지 않다.

너무나도 재수가 없다, 진짜로 없다.

세가와처럼 "온라인 게임을 할 시간이 줄어드니까."라는 이유로 차이면 죽을지도 모른다.

◆루시안 : 그럼 말이지, 만약 고백을 한다면, 두 사람은 뭐라고 할 거야?

참고가 되지 않을까 해서 물어보자 슈바인은 잠깐 뜸을 들인 뒤에 대답했다.

◆슈바인 : 으음…… 이 몸이 네놈과 사귀어주마, 기뻐해라!

◆루시안 : 슈바인 쪽 말고 평범하게 말해줘.

그야 슈바인의 캐릭터라면 그렇게 말하겠지만.

그러자 슈는 조금 생각한 뒤에.

◆슈바인 : ……내가 사귀어줄 테니까, 감사하라고.

아무런 변화가 없는 대답을 꺼냈다!

◆루시안 : 이 자식, 안 되겠어…… 빨리 어떻게든 하지 않으면…….

◆슈바인 : 아, 안 돼?

◆루시안 : ……어?

◆슈바인 : 이런 고백, 네 쪽에서 보면, 안 되는…… 거야?

어울리지도 않는, 불안감 섞인 문자가 떠올랐다.

마치 정말로 거절당한 것 같은 리액션.

◆루시안 : 아니, 그게…….

설마 하던 반응에 말문이 막혔다. 이, 이거 세가와의 진심이구나. 농담으로 한 줄 알았어.

이렇게 되면 지적하기 힘들어지네.

세가와의 캐릭터를 생각하면 이게 나쁘다고 할 수도 없고.

◆루시안 : 어어, 그게, 너처럼 어지간한 상대보다 스펙이 높다면야 그런 것도 괜찮지 않을까 싶지만, 내가 하기엔 조금 그렇지.

◆슈바인 : ……그거 칭찬이야?

◆루시안 : 꽤 칭찬했다고 생각하는데.

내가 "아코, 내가 너랑 사귀어주마!"라고 해본들 절대로 성공은— 아니, 왠지 그 녀석에 한해서는 굉장히 좋아할 것 같다.

◆애플리코트 : 나라면 함께 세계를 지배하지 않겠냐고—.

◆루시안 : 마스터, 이상한 소리 해서 미안했어. 정말 미안해. 전부 내 잘못이야.

◆애플리코트 : 잘 들어라. 나도 가끔은 상처를 받기도 한다.

그것도 포함해서, 물어서 미안.

하지만 결국 아무 참고도 되지 못했다. 어떻게 할까.

◆애플리코트 : 애초에 연인이 없던 시간=나이인 셋이서 상담을 해도 무익할 뿐이지 않나.

◆루시안 : 근본적인 부분을 지적했네.

◆슈바인 : 그러네. 뭐, 내일이 여름 방학 전에 하는 마지막 부활동이니까 그 타이밍에 고백하는 건 확정이지만.

◆루시안 : 어, 내일 하라고?! 마음의 준비를 할 시간 같은 건?!

내 고등학교 생활 전부가 걸려 있는데?!

◆슈바인 : 딱히 나중에 해도 상관없지만, 아코만 불러내서 고백할 거야?

◆루시안 : 그건 더 무리야.

그건 압박감이 너무 심하잖아.

지금 내 심리 상태로는 아코와 둘이서 외출하는 것만으로도 딱딱하게 굳어질 것 같다고.

◆애플리코트 : 그렇다면 예정일은 내일로 하고, 그때까지 대책을 세우도록 할까.

◆슈바인 : 나도 일단 작전은 생각해둘게.

◆루시안 : 고맙다. 부탁할게.

이러니저러니 해도 믿음직한 길드 멤버들이다.

하지만…… 내일? 내일 말하라고?

"……벌써 긴장되네."

그리고 운명의 아침.

평소보다 30분 일찍 학교에 도착한 나는 교실에서 눈을 감은 채 굳어져 있었다.

"좋은 아침. 뭐야, 의외로 침착하네."

교실에서 나를 본 세가와가 말했다.

침착해? 침착하다고? 세가와의 얼굴을 올려다보는 데도 안간힘을 쓸 정도로 딱딱하게 굳어 있는 내가 침착하다고 하는 건가, 이 녀석은?

"치, 침착, 침착하게 보인다니, 네네네네 눈은 옹이구멍이냐?"

아, 아직, 아직 허둥댈 시가시가시간이 아니긴 하지지마안.

"……그 떨리는 목소리를 봐서 폭언은 넘어가줄게. 그렇게 긴장돼?"

어이없다기보다는 오히려 동정하는 말투였다.

당연히 긴장되지. 뻔한 거 아니냐. 나 오늘 고백할 거라고.

"자, 이거 한번 만져봐."

슬쩍 양손을 세가와 쪽으로 뻗었다. 작은 손끝을 내 손으로 감쌌다.

깜짝 놀랄 정도로 매끈한 손이 닿는 것과 동시에, 좌악 하는 점착질 소리가 났다.

"잠깐, 뭐야 이거 끈적끈적하잖아! 우와, 기분 나빠."

"이제 손에 맺힌 땀만으로도 목이 마른 레벨이야."

"엄청난 상태 이상이네……. 너 대체 얼마나 긴장하는 거야."

그저 앉아 있는데도 체감상으로는 죽기 직전인 것 같은 정도?

하, 하하하하…… 그런 메마른 웃음을 짓던 내 시야에 갑자기 검은 것이 화악 비쳤다.

내 정면에 선 세가와의 뒤쪽에, 빨려들 것처럼 넓게 퍼진 검은 그림자가.

"……루시안, 슈, 뭐 하는 건가요."

아, 아코?! 이 타이밍에 아코?!

그 음산한 목소리 탓에 세가와의 몸이 움찔 떨렸다.

"아, 아니, 아니야. 착각하지 말아줘?"

"조, 좋은 아침. 아코. 따, 딱히 아무 일도 없는데?"

우리가 허둥지둥 손을 떼어놓자, 아코가 게슴츠레한 시선을 보냈다.

"오늘에 한해서는 제가 옳은 것 같은데요……."

오늘에 한해서라니, 너 자기가 평소에는 꽤 생트집을 잡는다는 자각이 있었던 거냐!

"아무 일도 없었어, 아무 일도 없었다니까."

"정말인가요? 제가 슈의 배를 가른 뒤에 루시안의 머리를 끌어안고 배에 타지 않아도 괜찮나요?"

"슬~픔~의~."[#4]

"정신 차려, 세가와!"

고백하려던 상대한테 나이스 보트[#5]를 당한다니! 그만둬, 진짜 그만둬!

빙글빙글 눈이 돌아가던 아코를 어떻게든 진정시키고, 뭘 했었는지도 잘 모를 HR 시간이 끝나자 드디어 방과 후가 찾아왔다.

현대통신전자 유희부, 여름 방학을 앞둔 1학기 최후의 부활동.

마스터가 미팅이 있으므로 반드시 참석하라는 연락을 돌렸다. 학교에는 왔으니까 아코도 반드시 올 것이다.

"……너 평소에 그렇게 걷는 게 느렸어?"

"옛날에는 이렇게 걷는 게 느리지 않았지만, 무릎에 화살을 맞아서 말이지……."

"아코에게 고쳐달라고 해."

싫~어~.

무거워지는 다리. 아플 정도로 강해지는 고통.

그러나 아무리 느릿느릿 걸어도 부실은 조금씩 가까워졌다.

#4 슬~픔~의 애니메이션「스쿨데이즈」의 엔딩 테마곡「슬픔의 저편으로」 시작 부분.
#5 나이스 보트 애니메이션「스쿨데이즈」 최종화 방영 당시, 그 내용의 심각성으로 인해 본방송 대신 유럽의 성과 보트의 모습을 보여주면서 생긴 용어. 여기서는 애니메이션 최종화에서 여주인공이 남주인공의 머리를 안고 보트에 누워있는 장면을 패러디한 것이다.

천천히 부실문을 열자, 마스터가 혼자 화이트보드에 글자를 쓰고 있었다.

"왔군, 루시안. ……음, 생각보다 침착한걸."

마스터는 내 얼굴을 보고는 만족스럽게 말했다.

이렇게 딱딱해진 내 어디가 그렇게 보이는데, 어이.

"조금 전까지 입술이 새파래서 무슨 립스틱이라도 바른 것 같았는데."

"아슬아슬하구나, 루시안."

그건 얼굴이 새파래질 정도로 긴장했기 때문일까, 아니면 세가와가 얼굴을 만지작거린다는 치욕을 감수할 정도로 여유가 없다는 의미일까.

"나, 이 부활동이 끝나면, 아코한테 고백할 거야……."

"진정해, 진정해."

"실은 벌써 꽃다발도 사뒀고……."

"그만둬라, 루시안. 하는 말에 죽을상이 떠 있다!"

아아, 자폭하는 게 이렇게 기분이 좋다니.

그래도 꽃다발은 거짓말이지만.

"이런 부활동에 있을 수 있겠냐…… 나는 우리 집에 돌아가겠어……."

"완전히 몰려 있네, 너……."

한계에서 아슬아슬하게 아웃이라고.

"어쨌든 둘이서 작전을 생각해놨다. 고백하기 전에 이 종이를 보도록 해라."

"오, 오오…… 정말로 생각해준 거야?"

마스터에게서 반으로 접힌 작은 메모를 건네받았다.

겉에는 세가와가 쓴 듯한 둥근 글자로, **힘내라!** 라는 메시지가 있었다.

"힘내!"

"두 사람 다 고마워."

아직 결과가 나오지 않았는데도 벌써 눈물이 흐를 것 같아.

"힘내자, 리얼충이 되자……."

"사망 플래그 세우는 건 그만두라니까."

"아코는 아직 오지 않았다. 조금 진정하는 게 어떠냐."

"하긴 그렇지. 심호흡이라도 할까."

"후우, 하아, 후우."

"안녕하세요! 아, 루시안! 들어주세요!"

"괘, 괜찮아?! 니시무라."

들이쉰 순간에, 들이쉰 순간에 오는 거냐!

완전히 숨이 막힌 나를 향해 아코가 싱글벙글 미소를 지으며 다가왔다. 평소 그대로의 아코인데도 굉장히 긴장됐다. 우와, 뭐야 이거.

"루시안? 괜찮나요?"

"괘, 괜찮아……. 늦었네, 아코."

"바로 오려고 했는데, 도중에 선생님이 몇 번이나 붙잡으

셔서."

"보충 얘기라도 들은 거야?"

"여름 방학 숙제가 늘었어요……."

애석하지만 무죄 방면은 아니었던 모양이다.

"그 정도로 끝난 게 다행 아니냐. 원래는 자습에 힘쓰는 것이 여름 방학을 올바르게 보내는 법이다."

올바르게라. 청소년인데 그렇게 보내도 되는 건가.

"저는 루시안과 퇴폐적인 여름을 보내고 싶은데요."

"나야말로 그렇게 보내고 싶다고……."

"네? 뭐라 그러셨나요?"

아무것도 아닙니다~.

큰소리로 말할 수도 없기 때문에 얼버무리듯이 시선을 돌렸다.

"자, 기다렸지~. 다들 모여 있니?"

고문인 사이토 선생님도 찾아왔다. 이걸로 부활동 개시다.

언제나 쓰는 컴퓨터 책상에 앉자 역시 평소처럼 아코가 옆으로 왔다. 딱히 별난 일도 아닌데 몸이 움찔 떨렸다.

"루시안?"

"아니, 별거 아니야."

아코가 명백하게 의아하다는 시선을 보냈다. 이를 어쩔 거야. 나. 오늘은 중요한 날인데.

"그럼 부활동을 시작하지. 루시안, 컴퓨터는 켜지 않아도 된다. 오늘은 그저 미팅을 할 테니까."

"아, 미안."

옆에 아코가 앉아 있어서 동요한 탓에 무심코 저지르고 말았다. 혼자 드득드득 소리를 내는 내 PC가 부끄럽다.

마스터는 그런 나를 보며 살며시 쓴웃음을 짓고는.

"그럼 다시."

헛기침을 하며 우리를 돌아봤다.

"다들 정기 고사 수고 많았다. 한 명의 탈락자도 없이 무사히 여름 방학을 맞이할 수 있게 된 건 매우 기쁜 일이다. 하지만 방심하지는 마라. 모두 자랑스러운 현대통신전자 유희부원이라는 자각을 갖고, 향상심을 잊지 말고 의미 있는 여름 방학을 보내줬으면 한다."

"학생회장 같은 말이네."

"저기, 마스터 학생회장인데요."

"……그러네."

세가와의 농담에 진지하게 대응할 여유도 없었다.

"여름 방학 중의 부활동에 대해선, 고문인 사이토 선생님의 강한 요망에 따라 기본적으로는 하지 않는 것으로 했다."

"다들, 느긋하게 보내렴?"

사이토 선생님이 싱긋 웃었다.

"안 와도 된다면 안 오겠지만…… 보통 고문이 부활동을 하지 말라고 하나?"

"평범한 클럽은 선생님을 협박하거나 하지 않거든?"

선생님의 그 말에는 약간의 비장감마저 감돌고 있었다.

"또한 앞서 말했던 합숙은 예정대로 간다. 여름 방학 첫 주말은 비워두도록. 자세한 일정에 대해선 나중에 연락하마."

마스터는 자, 그럼, 하고는 잠시 말을 멈췄다.

"일단은 이상이다만, 질문은?"

큰일 났다, 미팅이 끝난다. 이렇게 빨리 끝나고 만다.

어쩌지, 아직 전혀 진정되질 않았는데.

"저요!"

그때 아코가 손을 들었다.

"여름 방학 중에 길드 활동은 어떻게 되나요!"

그리고 게임 속의 예정을 물었다!

"그걸 여기서 물어?"

변함없이 게임과 현실을 신경 쓰지 않는 아코다웠다.

그러나 마스터 쪽은 딱히 개의치 않는 모습으로 대답했다.

"길드 앨리 캣츠는 통상 운행을 예정하고 있다. 나는 부모님과 함께 시간을 보내기도 해야 하고 공부도 있으니 낮부터 들어갈 수는 없거든."

"나는 어떠려나. 너무 게임만 하면 혼날 것 같고, 친구랑 외출도 해야 하니까."

세가와의 말에 아코가 침묵했다.

"이 얼마나 리얼충인가요. 설마 내부에 적이 있을 줄은 몰랐어요. 여름 방학에는 온라인 게임을 하고 온라인 게임을 하고 온라인 게임을 하고 숙제는 안 하고 끝내는 거잖아요!"

숙제는 하라고. 또 2학기 때 고생하게 될걸.

그런 아코에게 세가와가 상당히 차가운 시선을 보내며 말했다.

"……남친하고 외출하는 쪽이 더 심하지 않아?"

"……네?"

"아무것도 아냐~."

흐~응, 하고 고개를 돌린다.

뭐야, 그 내 사망 플래그 같은 말투는! 그만둬, 진짜 그만두라고. 그런 건 진짜 그만두란 말이야!

"그런고로, 길드 활동은 그때 있는 사람만으로 한다. 말하자면 평소대로다. 단지— 그렇군. 이쪽 이야기도 해두도록 할까."

마스터는 음, 하고 크게 끄덕였다.

"잘 들어라, 너희들. 여름 방학엔 LA에서의 활동도 평소 이상으로 주의를 기울이도록."

"뭐야 주의라니."

"여름은 게임 속에서도 위험한 시기다."

커튼 틈새에서 비치는 햇살을 가리키며 말한다.

"매년 있는 소리지만, 여름 방학 중에는 민폐 행위를 태연하게 저지르는 민폐 플레이어가 늘어나는 것이 걱정거리지. 이른바 여름충(나츠츄)을 말한다."

"아, 단어는 들어본 적 있어."

"나츠츄~?"

"야, 아코. 그 단어는 위험하니까 그만둬."

전기를 뿜어내는 생쥐 같잖아.

"요컨대 나야 나 사기나 기생, 지뢰 플레이를 벌이는 무리가 여름 한정으로 늘어난다는 거다. 그런 플레이어에게 직접적으로 당하는 것 말고도, 평소라면 그냥 넘어갈 약간의 미스가 과잉 반응을 일으켜서 이름이 퍼진다는 부차적인 위험성도 있지. 각각 자기 보호를 게을리 하지 말도록."

"나야 나 사기, 기생, 지뢰 플레이는 뭔가요?"

"말하자면 너 같은 거야."

"저, 전가요."

아코가 까앙 하고 쇼크를 받았다. 자기가 위험한 녀석이라는 건 잘 알고 있는 것 같네.

근데 확실히 부정 할 수는 없지만, 오늘 세가와는 왠지 모르게 아코에게 날카로운걸.

"또한 단순히 사람이 늘어나기 때문에 그것을 노린 사기 행위가 증가한다. 이건 게임 속의 정보다만, 요즘 계정 해킹 피해도 늘고 있다고 하더군. 비밀번호를 자주 변경하거나 아니면 보안 토큰의 도입도 검토해보도록."

"귀찮네."

계정 해킹인가. 성가시구만.

보안 토큰이라는 건 컴퓨터와 이어지지 않은 외부 기기를 검증에 써서 안정성을 높이는 것이다. 인증 서버와 동기화된 원 타임 패스워드(OTP)가 일정 시간마다 표시되어 그것을 입력하지 않으면 로그인을 할 수 없게 되거나, USB에 토큰을 접속해서 인증하지 않으면 로그인을 할 수 없게 되는 식으로, 종류는 갖가지지만 현실 쪽에서 필요한 아이템을 준비하지 않는 한 로그인을 할 수 없는 도구다. 자기 말고는 절대로 로그인을 할 수 없게 되기에 매우 높은 확률로 계정 해킹을 저지할 수 있다.

나도 필요하다고는 생각하지만, 여러모로 귀찮아서 쓰지 않고 있다.

"나도 아직 토큰은 쓰지 않는데, 아코는……."

"……?????"

아아, 아코의 머리 위에 굉장한 숫자의 물음표가 떠 있다.

모르는 애구나, 이 녀석.

"이제 공부는 정말 싫은데요."

괜찮아, 이건 공부 이야기가 아니라 게임 이야기니까.

"계정 해킹이라는 건 자기 게임 계정, 그리고 자기 캐릭터 안에 다른 사람이 들어와서 멋대로 민폐 짓을 벌이거나, 아이템이나 돈을 빼앗아가는 거야. 보안 토큰이라는 건 그걸

막기 위한 도구고, LA에서는 인증 서버와 동기화된 원 타임 패스워드가 일정 시간마다 표시되어……."

"……(싱글벙글)"

"저기……."

"……(싱글벙글)"

아코가 엄청나게 예쁜 미소로 나를 보고 있었다. 저 커다란 눈동자를 들여다보면 마치 거울처럼 내 얼굴이 보일 정도다.

이럴 때 보는 게 아니라면 분명 넋을 잃고 바라볼 거라 생각하지만…….

"……모르겠냐?"

"네."

대답도 미소도 한 점 흐림이 없었다.

아코에게 보안 토큰 쓰는 법을 가르치는 건 너무 어려웠나…….

"……비밀번호는 자주자주 바꿔라."

"네~에."

별수 없으므로 대증요법이다.

"그보다 말이야. 게임 속에서 사기 같은 게 있어?"

세가와가 모니터를 톡톡 두들겼다.

"있고말고. 얼마든지."

"정말로?"

세가와는 진짜로 의외라는 듯이 말했다.

어라, 뭐야 모르는 건가.

"흠. 그래. 예시로는 나야 나 사기가 알기 쉽겠군. 슈바인도 조심하지 않으면 위험할 거다."

"나는 시골 할머니다 뭐 그런 거야?!"

그런 나야 나 사기가 아니고.

나야 나, 그래그래 타카시야. 같은 사기가 아니란 말이지.

"아니 아니, 좀 더 간단하고, 좀 더 성가신 거야."

"간단하고 성가셔?"

"그 말이 맞다. 예를 들어서, 슈바인이 LA에 들어가 평소 머무는 술집에서 아이템을 정리하고 있었다고 치자. 슬슬 다른 멤버들도 모이지 않을까 하는 시간이다."

"응."

그 모습을 상상했는지 세가와가 공중에 시선을 던지며 대답했다.

"그때 『루시☆안』이라는 이름의 초기 캐릭터가 찾아왔다."

마스터는 쓸데없이 넓은 화이트보드에 『루시☆안』이라고 크게 적었다.

"너도 좀 생각을 하고 이름을 붙이라고."

세가와가 나를 보며 어이없다는 듯이 말했다.

그런 기억도 없는 부분에 관해서 설교를 들어도 곤란하다만.

"그래. 슈바인의 그 리액션이 문제다."

"뭐?"

어인이 벙벙해진 세가와를 놔두고 이야기가 이어졌다.

"그 루시☆안이 슈바인에게 이렇게 말하는 거다. 새 캐릭터를 만들었으니까 딱 100k만 빌려줬으면 좋겠다고. 어쩔 거냐?"

"딱히 상관없는데."

"음. 그리 큰 금액이 아니라고 생각한 슈바인은 가볍게 빌려줬다. 거기서 루시☆안은 감사를 표하며 떠나고, 잠시 뒤 『루시안』이 나타나지."

마스터는 나를 가리키며 말했다.

"캐릭터 돌려놨으니까 돈 돌려줘."

"난 모르는데?"

"뭐어?! 네가 빌려갔잖아?! 이름에 ☆가 붙어 있으니까 내가 아니라고 발뺌할 셈이야? 뭐야 그 시시한 사기는!"

"음, 사기지. 그러나 범인은 루시안이 아니다."

마스터가 쓸데없이 악당 같은 미소를 지었다. 당신 꽤나 즐거워 보이네.

마스터는 내 옆에 있는 아코에게 시선을 돌렸다.

"아코 군이라면 어쩔 건가. 같은 상황에서 루시안에게 돈을 요구받는다면."

그 말을 들은 아코는 고개를 갸웃했다.

"제가 빌리는 거라면 몰라도, 루시안이 저에게서 돈을 빌린다는 건 아무리 봐도 이상하다고 생각하는데요…… 그거 정말로 루시안인가요?"

아코가 상정한 우리 둘의 관계 뭔가 치우치지 않았어? 아니, 상관은 없지만.

"그렇다! 바로 그거다!"

마스터는 『루시☆안』의 문자에 크게 가위표를 쳤다. 내가 글러먹은 놈 취급을 당하는 것 같아서 뭔가 안타까웠다.

"이곳을 거점으로 삼고 있는 『루시안』이란 캐릭터가 있다는 것을 알고 『루시☆안』을 만든, 우리가 모르는 인물— 이것이 바로 사기꾼이다."

"가짜 루시안이라는 거야?"

"이 바보 놈~, 그 녀석이 루시안이다!"

아코가 묘하게 기뻐하며 말했다.

"괴도 쫓아다니는 경찰이 아니라면 그런 거 모른다고……."

하긴, 모르겠지.

나라도 자칫하면 눈치 못 챌걸.

"그 말대로, 간파하는 것이 매우 어렵지. 이름밖에 표시되지 않는 타입의 게임에서 이런 사기를 저지르면 현실의 나야 나 사기보다 훨씬 성공률이 높다."

"괜찮아. 딱히, 100k 정도는……."

"피해가 적다면 문제가 없을지도 모르지. 하지만 폐인끼리라면 M 단위로 돈을 빌려주는 경우가 있고, 약간만 공작을 벌이면 단번에 피해가 늘어날 수도 있다."

"그때 빌려준 장비를 돌려달라는 그런 거 말이야."

내가 말하자 세가와가 눈을 크게 떴다.

"만약 그 말을 듣고 『루시☆안』에게 발렌티누스의 갑옷을 빌려준다면……."

"즉시 노점행이겠지."

"안~ 돼~!"

그보다 그거 돌려주라고. 가위바위보에서 이긴 건 나잖아. 계~속 네가 쓰고 있는 게 이상하잖아.

"루시안과 아코처럼 서로 잘 알고 있다면 문제는 없겠다만……."

힐끔 내 쪽을 본다.

"항상 의심할 필요는 없지만 위화감을 느낄 경우에는 확인을 해보도록. 개중에는 게임 속에서의 대화를 훔쳐듣고 본인으로 둔갑하여 고액의 장비를 빌려가는 고단수도 있다고 한다."

"다들 조심하렴~. 인터넷에도 나쁜 사람은 많으니까~."

고양이공주 씨가 이제 와서 선생님다운 소리를 꺼냈다.

"선생님 계셨나요."

"있었지. 계속 듣고 있었어."

"듣고만 있으면 안 되잖아요. 듣고만 있으면."

이런 이야기를 정리하는 게 선생님의 일이건만 호오, 하고 학생 같은 표정을 짓고 있더라니까. 고양이공주 선생님.

거기서 마스터의 냉정한 소리가 거듭 나왔다.

“이런 경우 특징적인 말투, 예를 들어 어미에 『냐아』를 반드시 붙이는, 그런 흉내 내기 쉬운 인물이 써먹기 쉬우니 특히 사이토 교사는 의심해두도록.”

“냐훗?!”

아, 선생님이 뿜었다.

“확실히, 냐아냐아 하고 말하는 사람은 선생님 말고는 없으니까요.”

“그런 말투를 하는데 내용물이 이거란 시점에서 사기 같은 거라니까.”

“실제 나는 사기를 당한 거나 마찬가지고.”

“……너희들, 시험이 끝났다고 방심하는 모양인데 통지표를 주는 건 종업식 때거든?”

“정~말로 죄송합니다!”

셋이 함께 노타임으로 고개를 숙였다.

너무 기고만장했습니다. 이제 안 할게요.

뭐라 떠벌려도 결국 일반 플레이어는 GM에게 이길 수 없는 법이다.

“여름에는 플레이 인구가 늘어나기 때문에 이런 작은 사기를 저지르려는 악인도 늘어나지. 자신의 안전이 가장 중요하다. 사고 없이 여름 방학을 마치도록 하자."
"네~에."
아코가 기운차게 대답했다.
바보 같은 이야기를 한 탓에 조금 진정이 됐다. 그 점에서는 살았다.
"그럼…… 오늘은 여기까지다. 다음에 만날 때는 합숙이로군."
마스터는 그런 말과 함께 이야기를 끝맺었다.
"하고 싶었던 말은 다 먼저 나왔으니까, 고문 쪽에서 할 말은 없어. 다들 건강히 보내렴."
선생님도 가볍게 손을 흔들었다.
"아아, 여름 방학! 아름다운 서머 버케이션이에요! 해냈네요!"
아코는 평소대로 아무런 변화가 없었다. 이후로도 평소대로라면 나와 함께 돌아갈 뿐이지만…….
마스터와 세가와에게 시선을 보내자.
"아아, 나와 슈바인은 조금 볼일이 있다. 먼저 돌아가도 좋아."
"볼일인가요?"
"아아. 조금, 말이지."
마스터는 그렇게 말하고는 내가 아니라 어째서인지 세가와 쪽에 시선을 보냈다.

"그러니까 나는 필요 없다고 했는데."

"……?"

나와 아코를 둘만 있게 해주고 싶어서 마음을 써준 거구나. 두 사람 다 미안해.

교복 주머니에 넣어둔 메모장을 한 번 만지며 크게 숨을 들이쉬었다.

"좋아, 그럼…… 돌아갈까."

"네~에."

아코가 싱글벙글 내 옆에 섰다.

내딛는 발걸음이 긴장감으로 떨렸다.

평소대로, 아코와 둘이서 통학로를 걸었다.

익숙한 길이 마치 다른 걸로 보인다― 같은 일은 없었고, 오히려 평소와 변함이 없어서 긴장감이 높아졌다. 이 공간에서 평소와 다른 건 나뿐이다.

"합숙에선 뭘 하는 걸까요?"

아코는 기쁜 듯이 말했다. 내일부터 쉬기 때문인지 아코가 매우 기분이 좋아 보이는 것이 괴로웠다.

나와 만나지 못하게 되는 건 신경 쓰이지 않는 건가, 라는 게 불안 요소이긴 하지만.

"일단 온라인 게임을 하는 것만큼은 틀림없다고 생각하는데."

"또 헤드샷을 하고 싶어요."

"그건 그만둬."

방학이 끝나니 신부가 스나이퍼가 되어버렸습니다, 같은 건 절대로 사양하고 싶다.

"그러고 보니, 이건 비밀로 하라고 들었는데요."

"응?"

아코가 비밀 이야기라도 하듯이 얼굴을 들이밀었다.

"마스터가 수영복을 준비해두라고 했어요. 그러니까 분명 바다로 가는 게 아닐까 하는데요."

"그거 나한테 말하면 안 되는 거 아니야?"

갑자기 수영복 차림으로 나와서 깜짝 놀라게 만든다거나, 마스터는 그런 걸 꾸미고 있는 거 아닐까.

"제가 루시안에게 비밀을 숨길 수 있을 리가 없잖아요. 그런데도 말한 마스터 잘못이에요."

"얼마 전에도 나한테 엄청난 비밀을 숨기고 있지 않았냐?"

커터 칼을 준비한다든가, 학교를 그만두려고 한다든가.

"제 로그에는 아무것도 남아 있지 않는데요?"

"너한테만 좋은 로그네."

"에헤헤."

웃으며 얼버무리는 아코.

아, 진정된다.

아코와 별것도 아닌 대화를 나누는 이 분위기가 좋단 말이지.

평소 같은 반 애들하고 이야기를 나눌 때는 이야기를 끝낼 때라든가, 이야기를 하는 도중이라든가, 가끔 엄청 후회한단 말이지. 『그런 소리는 하지 말 걸 그랬어.』, 『쓸데없는 소리를 했어.』, 『짜증 나는 녀석이라고 생각하지 않을까.』 같은 거 말이야.

하지만 아코와 이야기를 할 때는 그런 게 없다.

마음 편하게 내키는 이야기를 하고, 무슨 말을 해도 신경 쓰이지 않는다.

다른 무엇과도 바꿀 수 없는, 아코와의 분위기.

하지만 만약 고백을 한 결과 실패하게 되면― 그것이 전부 부서져버릴지도 모른다.

"……역시 그만둘까."

"……응? 네?"

"아, 아냐."

역시 그만둘까. 이대로 지내도 좋지 않을까? 친구 이상 연인 미만, 하지만 부부 같은 걸로도 좋지 않을까? 그런 유혹이 굉장한 기세로 넘실댔다.

"저기, 그래서 말이죠. 문제의 수영복은 아직 사질 않았어요."

"호오."

"그러니까 물어두고 싶은데요. 루시안은 어떤 수영복을 좋아하나요?"

"왜 나한테 묻는데. 자기가 좋아하는 걸 고르면 되잖아."

"루시안에게 보여주는 건데 루시안의 취향을 묻지 않고 어쩌라는 건가요."

"보여주는 거라는 소리는 그만해줄래."

지나가던 사람이 들으면 문제가 될 것 같은 발언이다.

"그럼 제 수영복 같은 건 안 보겠다는 건가요?!"

"아니, 눈앞에 나오면 보겠지만. 보스를 쓰러뜨린 후에 드롭 아이템 화면 정도로 보겠지만."

한 번 쭉 보고나서 그 다음에 다시 한 번 쭉 확인하고, 이것이 가장 신경 쓰인다! 같은 곳을 뚫어져라 보겠지.

"그렇죠? 루시안, 제가 벗었을 때도 엄청 오래 봤었고요."

"그건 잊어주라."

"안 돼요. 책임은 지게 할 테니까요."

즐겁게 그런 소리를 한다.

우우, 역시 안 돼. 이 상태로 애매하게 넘어가는 건 역시 좋지 않아.

아코에게 직결보다도 더 나쁜 짓을 한다는 기분이 든다. 자기 마음을 계속해서 억누를 자신도 없다.

말해야지. 말해야 해.

근데 어쩌지. 어떻게 이야기를 꺼내지, 대체 어떻게.

“그러니까 희망을 들려주세요. 아무것도 없었을 경우에는 중학교 학교 수영복으로 할 거예요.”

“헤에.”

어쩌지어쩌지어쩌지.

“중1 때 샀으니까 지금 입으면 상당히 사이즈가 차이날 거라 생각하지만, 의외로 루시안은 그런 걸 좋아하는 거구나 하고 받아들일 거예요.”

“그렇구나.”

뭐라고 말하지, 뭐라고 말하지.

“단지 저기, 아마 입는 것도 벗는 것도 힘들 테니까, 사전에 가위를 준비해주신다면…….”

“기다려, 잠깐 기다려 그 이야기 스톱.”

도중에 깨달아서 잠깐 기다려 지시를 보냈다.

“내가 멍하니 있는 사이에 이야기가 이상한 방향으로 가지 않았어?”

“제 안에서는 예정대로인데요.”

그건 네 스케줄링이 이상한 거야.

뭐가 어떻게 되면 중학교 시절의 짝짝 달라붙는 학교 수영복을 입자는 이야기가 되는데. 그리고 왜 내가 수영복을 가위로 잘라내는 이야기가 되는 건데.

무심코 떠올리고 말았잖아, 좍좍 찢어진 학교 수영복을 입은 아코의 모습.

"오히려 멍하니 있는 게 더 이상하잖아요. 저는 루시안이 룩딸을 칠 수 있을 정도의 수영복을 생각하고 있는데."

"내가 룩딸 플레이어 같은 취급을 당하고 있잖아…… 이상해, 이런 게 용납될 리가 없어……."

나는 어디에 내놔도 부끄럽지 않은 일반적인 고등학생이건만.

"애초에 아코, 내가 그걸 입고 오라고 하면 정말로 입을 거야?"

"그, 그건."

이 질문은 예상 밖이었는지 아코는 아우아우 신음하고는 조금 곤란해 하면서 대답했다.

"학교 수영복만 입으면 루시안이 저를 짐승처럼 덮쳐주겠다고 하면 부끄러움을 참고 입을 건데요."

"어째서 그런 일이 일어날 거라 생각하는데!"

"학교 수영복에, 루시안 전용 도발 효과가 붙어 있지 않을까 해서."

"없어! 굳이 따지자면 적대치가 내려간다고!"

"학교 수영복은 효과가 별론가요."

"당연하지…… 아니, 그러니까 이런 대화는 안 된다고!"

"네?"

아코가 멍하니 고개를 갸웃했다.

그래. 이런 대화만 하고 있으니까 타이밍을 잡을 수가 없잖아!

진지한 이야기를 할 타이밍을 붙잡지 못해서 말하기가 힘들다고!

"아, 맞다. 아코. 저쪽 공원에 들렀다 갈래?"

"공원에 들렀다 간다니 리얼충 같네요!"

"그, 그치?"

나는 너와 리얼충이 되고 싶은데 말이지.

"나무가 엄청 많으면 이렇게 서늘하네요."

햇살이 비치는 곳을 피해 나무 그늘을 걸었다.

확실히 자연이 늘어나면 꽤나 온도가 내려가는 것처럼 느껴진다.

"LA에 있는 정글 맵도 서늘한 걸까요."

"정글은 다르다고 생각해, 나는."

"신기하다고 생각했던 게 있는데요. 설국 맵 옆으로 빠져나오면 바로 초원이 나오는 온라인 게임 세계는 대체 어떤 식으로 되어 있는 걸까요?"

"그런 부분을 조정한 탓에 옆 마을까지 가는 데 몇 시간씩이나 걸리는 게임이 있었지."

"심리스[#6]의 장단점이네요."

"오픈 월드도 써먹기 나름이니까."

#6 심리스 지역과 지역 간의 경계가 없는 맵 방식. 지역을 이동하는 데 로딩이 거의 없다.

—으으, 어쩌지. 일부러 공원까지 왔는데 분위기가 변하질 않는다.

아코와의 이런 분위기는 좋아해. 그건 사실이야. 하지만 이번에는 곤란하다고.

대체 어쩔까 고민하며 주머니에 손을 넣자 손끝에 종이가 닿았다.

그래, 맞다. 그 메모.

슈바인과 마스터의 고백 작전이 쓰여 있을 거다.

태양을 올려다본 아코가 태양빛에 약한 흡혈귀처럼 눈을 가늘게 떴다. 그 시선에서 벗어나서 몰래 살짝 열어봤다.

위쪽 부분에는 쓸데없이 달필로, 단정한 글자가.

애플리코트의 작전 : 부딪쳐서 깨져라.

"……장난하냐."

이 인간 정말 못 써먹겠네.

1프레임도 연인이 생기지 못한 채로 끝나면 좋을 텐데.

다음으로 아래쪽을 봤다.

여자아이다운 둥근 글자로 쓰인 문자.

슈바인 님의 작전

스스로 님을 붙이네. 이 녀석.

그 아래쪽을 보니.

좋은 분위기가 된다→고백한다→대성공! (`·ω·´)

의기양양한 이모티콘 쓰지 말라고!

처음에 나온 좋은 분위기가 된다는 것부터 실패했단 말이야!

이 녀석들 진지하게 도와줄 생각이 없구만…… 젠장…….

혀를 차고 싶은 마음으로 종이를 접었다.

그러자 뒤쪽에 뭔가가 추가되어 있는 것이 보였다.

잔재주는 부리지 말고 솔직한 마음을 전하고 와라.

안 되면 얼마든지 불평을 들어줄 테니까 확실히 해내고 와.

"……이 녀석들."

역시 좋은 녀석들이었다.

그녀들의 마음에 응해주기 위해 노력하고 싶다. 노력하고 싶지만…….

"하지만…… 좋은 분위기라는 건 어떻게 만드는 건데?"

"네?"

헉, 무심코 아코한테 들릴 정도로 소리 내서 말했다!

본인한테 물어서 어쩔 건데, 본인한테!

"무, 무서운 소리를 하시네요? 분위기를 망가뜨리는 법이라면 몰라도, 만드는 법이라니."

"……일단 묻겠는데, 만약 부순다면 어떻게 하는데?"

"예를 들면 말이죠. 한창 분위기가 좋은 같은 반 애들 근처로 다가가서 엿들으면서도 저는 안 듣는 척을 하는 거예요. 그럼 배려심 좋은 아이가 『다마키는 어떻게 생각해?』라고 말을 걸어오는데, 그때 『—어?』라고, 당신은 뭘 그렇게 친근하게 묻는 건가요, 같은 분위기를 만들며 말하는 거죠. 그럼 조금 전까지의 즐거운 분위기는 한순간에—."

"미안, 물은 내가 잘못했어."

너무나도 실제 체험 같아서 가슴이 아팠다. 아코는 지금까지 어떤 생활을 보내온 걸까.

나는 눈물이 터질 것 같았지만 나의 신부는 오히려 즐거워하며 웃었다.

"그래서 루시안과 함께라면 굉장히 즐거워요."

"응?"

"왜냐하면, 루시안과 함께라면 언제나 좋은 분위기잖아요. 역시 부부네요."

게임이라면 하트 마크라도 표시될 것 같은 아코의 텐션.

함께 있는 것만으로도 멋대로 서로의 호감도가 올라가는, 그런 버그 캐릭터 같은 녀석.

이런 녀석이니까 나는, 어울리지도 않는 용기를 쥐어짜서 이런 곳까지 온 거란 말이지.

이제 됐어. 그 책임, 아코에게 받아내자.

"야, 아코."

"네?"

내가 발을 멈추자 아코도 멈춰서 몸을 돌렸다.

나를 살짝 올려다보는 그녀. 살짝 오른손을 뻗어서 얼굴을 가리던 머리카락을 옆으로 젖혔다.

내 손이 닿는 것에 아무런 불안도 느끼지 않고, 신뢰로 가득한 눈동자로 나를 바라본다.

왼손으로 강하게, 강하게 메모를 움켜쥐었다.

"아코——."

부르는 말은 발음이 새지 않았다.

그것만을 구원 삼아, 꿀꺽 침을 삼키고, 말을 이었다.

"나랑, 사귀어줬으면 좋겠어."

"……."

대답은 없었다.

멍하니, 어안이 벙벙한 듯이 정지한 아코.

다시 한 번, 몸에 남아 있는 기합을 쥐어짜내서 입을 열었다.

"나와 연인이 되어줘!"

—스윽, 구름이 태양을 덮었다.

조금 차가운 바람이 나와 아코 사이를 흐르고, 그녀의 머리카락이 화악 흩어졌다.

아코의 표정이, 가려진다.

"저, 저기……."

바람이 멎고, 다시 보인 그때.

그곳에는, 매우 곤란해 하는— 그거다, 그야말로 『친구라고 생각한 상대에게 예상 밖의 고백을 받아 곤혹스러워하는 여자아이』 같은 표정을 한 아코가 있었다.

"그게……."

조금 전과는 다른 의미로 식은땀이 멈추지 않았다.

지금까지 몇 번이나 겪었던, 기고만장하다 실패했을 때 느낀, 그 압도적인 후회가 밀려왔다.

좋아했던 아코의 목소리를 더 이상 듣고 싶지 않았다.

하지만 그런 나의 마음 같은 건 아랑곳하지 않고, 아코의 입이 다시 움직였다.

"—싫, 어요."

잘못 들을 수 없을 정도로, 확실한 말이었다.

내 손에서, 이제 쓸모가 없어진 종이가 주르륵 떨어졌다.

2장 시원한 여름 합숙 바다야

천천히 가게 문이 열리고, 선선한 공기가 내 온몸을 감쌌다.

식은땀으로 질척해진 전신이 단번에 서늘해져서 기분이 꺼림칙하다.

"어서 오세요. 손님 한 분이신가요?"

"—윽."

한 분.

점원의 아무런 악의도 없는 말에 숨이 막혔다.

"……그, 그게, 먼저 온 일행이 있는데요."

"아아, 계십니다. 그럼 이쪽으로."

한 번 온 적이 있던 가게다. 그렇다. 첫 오프 모임에서 모였던 그 가게다.

그리고 그곳에서 기다리고 있던 건 그때와 같은 멤버였다.

"수, 수고했어."

"……음."

안내받은 자리로 향하자 이미 두 사람이 기다리고 있었다.

복잡한 표정을 한 마스터와 일그러진 미소를 짓고 있는 세가와.

그때와 같은 장소. 같은 멤버. 약간 긴장했던, 그때와 같은 분위기.

하지만— 아코가 없다.

아코는, 나와 함께 오지 않았다.

"미안해. 일부러 와주다니."

반쯤 울면서 옥쇄 보고를 보내자 두 사람은 즉시 역 앞 가게로 오라고 말해주었다.

최악의 기분이지만 그래도 나를 위해 와주는 사람이 있다는 것에 어느 정도 구원받았다.

정말로 고마운 동료들이다.

"그런데 마스터, 일부러 가게까지 잡아준 거야?"

"처음부터 슈바인의 위로연을—."

"그러니까 아니라고 했잖아! 애초에 위로연이고 뭐고 지금은…… 아."

"신경 쓰지 마."

실제로 위로연이기도 하니까.

나도 힘없이 의자에 앉았다.

"……."

"……."

"……윽!"

"……으!"

마치 뭔가에 짓눌리듯이 몇 번이나, 몇 번이나 시선을 마주본 뒤, 세가와가 내 옆에 왔다.

"저기…… 그게, 물어도 될지 모르겠는데."

"뭔데."

"……차였어?"

"……응."

"진짜로?"

"진짜야."

"정말로?"

"정말이라니까."

"뭔가의 착각이라거나, 불행한 엇갈림이 아니라?"

"확실히 들었어."

"정말로 정말로, 니시무라가 아코한테 고백해서 차였어?"

"그래, 아코한테 차였다고. 아까부터 계속 말했잖아! 몇 번을 말하게 하는 거야, 괴롭히는 거냐?! 이거 괴롭히는 거냐. 아앙?!"

"아앗, 미안. 내가 잘못했어! 자자, 달콤한 거라도 시킬래? 파르페 같은 건 어때? 조금은 기운이 날지도 모르잖아?"

세가와의 상냥함이 아팠다. 게다가 조금 기뻐 보여서 열 받는다.

리얼충이 되지 못해서 꼴좋다는 거냐, 이 녀석.

"아코, 무슨 생각인 걸까. 이렇게 심한 밀당은 처음 봤어."

"완전무결하게 거절당했으니까…… 하하하……."

"하지만 믿을 수가 없군. 그 아코 군이……."

마스터가 으으음, 하고 신음했다.

"나도 믿고 싶지 않아…… 지금도……."

이러니저러니 해도, 나 같은 녀석이 고백을 하려고 했다는 건 절대로 괜찮을 거라고 멋대로 확신을 했기 때문이다.

"하아…… 전부 내 착각이었던 거야…… 기고만장하게 나섰던 결과가 이거라고…… 하하, 하하하……."

"이것 참, 어째서 이렇게 된 걸까."

"어째서 이렇게 되었나."#7

펄쩍펄쩍 이상한 춤을 추는 두 사람에게 태클을 걸 기운도 없었다.

풀죽은 나를 보면서 한바탕 춤을 춘 후에 두 사람은 움직임을 멈췄다.

"그 루시안이 인터넷 소재에 달려들지 않다니."

"정말로 차인 것 같네."

대체 무슨 판단 기준이야.

"이제 진짜 무리. 아코랑 끝났어. 엄청 좋아했는데, 어차피 나랑은 놀이였던 거야."

"의외로 여유가 있는 모양이네."

없어. 전혀 없다고.

#7 어째서 이렇게 되었나 동영상 사이트 니코니코 동화에 올라온 보컬로이드 하츠네 미쿠의 오리지널 곡 '어째서 이렇게 되었나'. 영상 속에서 좌우로 펄쩍펄쩍 뛰는 이상한 춤을 춘다.

"아아, 죽고 싶다. 아니, 죽을까. 죽어볼까. 좋은 기회네. 다음 생으로 갈까!"

"진정해 진성해. 손목 베면 안 돼."

함부로 불행한 일에 대해 말하는 인간에게는 마음을 터놓지 못한다고. 정말.

"하지만, 나도 아직까지 믿을 수가 없단 말이야."

세가와는 토닥토닥 내 등을 쓰다듬어주며 말했다.

"그치만 그 아코라고? 머릿속에 『루시안』이란 세 글자 말고는 아무것도 없을 것 같은 아코란 말이야? 지금쯤 광희난무하는 모습밖에 상상이 가질 않는데."

"완전히 같은 의견이다."

그런 말을 들으면 들을수록 상처가 벌어지는 것 같아 괴롭다.

"나도, 나도 그렇게 생각했다고……."

"아아, 미안, 미안해."

울면 안 돼, 울면 안 돼.

그렇게 생각하며 참고는 있지만 목구멍 속이 점점 뜨거워졌다.

이게 청춘의 아픔인가, 하고 웃을 여유도 없다.

"배신당했어…… 아코한테 배신당한 거야…… 편한 길드퀘라고 하길래 들어갔더니 베이스캠프에서 몬스터가 울부짖고 있었던 거야……."

“그건 치트 용서 못 한다, 같은데.”

“그건 먼저 눈치채야 하는 이야기일 텐데.”

눈치 못 챈다고, 그 녀석이 그런 짓을 할 리가 없다고 믿고 있었는걸.

“차라리 아코한테 직접 확인하는 게 어때? 정말로 찬 건지.”

“그렇군. 그게 좋겠어.”

“하고 싶으면 멋대로 해.”

내가 말하자 두 사람은 각자 휴대 전화를 책상 위에 둔 채 힐끔힐끔 시선을 교환했다.

“……전화 안 해? 마스터.”

“이런 건 역시 동급생인 슈바인이—.”

“보통은 길마의 일이잖아?”

그리고는 어째서인지 남의 머리 위에서 말다툼을 시작했다!

“대체 왜 다투는 거야! 아무래도 좋아!”

“그치만 그게…… 쓸데없는 희망을 줬다가…….”

“역시 무리였다, 라고 전하는 역할이 되는 건…….”

“오버킬이잖아.”

“확인 사살은 매너가 아니라고 생각해서 말이다.”

“우와아아아아아.”

이제 싫어어어어어 이런 세계는 싫어어어어어어어.

퍽퍽퍽 테이블에 머리를 박았다. 아아, 아프다, 아픈 게 기분 좋다. 그냥 이대로 죽고 싶다.

"미안미안미안, 잘못했어!"

나는 지금 위로를 받는 거야, 아니면 마무리 일격을 맞는 거야? 어느 쪽이야?

"어쩔 수 없군. 여기선 길드 마스터로서 책임을 지마."

드디어 마스터가 전화를 들었다.

삑삑삑 하는 가벼운 전자음이 왠지 지옥에서 울리는 소리처럼 들렸다.

그리고 마스터가 귓가에 댄 휴대 전화에서 익숙한 목소리가 작게 울렸다.

『네, 여보세요. 타마키입니다.』

"저 애, 전화할 때는 성으로 자칭하네."

세가와가 아무래도 좋은 감상을 늘어놓았다.

"……그보다, 엄청 평범한데."

나를 찼는데도 평소와 마찬가지인가…… 하아, 상처받네.

"으음, 역시 이상하지 않아? 아무리 그래도 너를 찬 다음에 노 리액션?"

"타카사키를 일도양단한 뒤에도 평범했어."

"그건 타카사키라 그렇고."

우리의 대화를 제쳐놓고 마스터는 말을 이었다.

"갑자기 전화를 해서 미안하군. 조금 묻고 싶은 게 있다만, 괜찮나?"

『공략 위키……가 아니라, 잡지를 읽고 있던 참이라 괜찮아요.』

일단 열심히 읽고는 있는 건가. 그 잡지.

"그게 말이다…… 저기…… 오늘 돌아가는 길에 있었던 일에 대해서다."

유아독존을 태연하게 자부하는 마스터도 역시 이번에는 입이 무겁다.

몇 번이나 숨을 정돈하면서 겨우 물었다.

"루시안에게— 뭔가 듣지 않았나?"

『루시안에게 말인가요?』

그 말을 듣는 아코는 정말 아무렇지 않아 보였다.

『딱히 아무것도…… 아, 조금 이상한 소리를 들었어요.』

"읔!"

세 사람 모두 움찔, 하고 떨었다.

"이상한 소리, 라면—."

조심조심 마스터가 묻자 아코는 극히 태연하게 대답했다.

『그게…… 연인이 되어줬으면 좋겠다고…….』

"읔, 너, 진짜로 말했네."

"당연히 말했지……."

그러지 않으면 이렇게 풀죽지 않는다고.

아무래도 이 두 사람의 마음속에서는 고백이 들리지 않

았다는 가능성 쪽이 컸는지, 척 봐도 알 수 있을 정도로 동요하고 있었다.

"그래서, 뭐라고 대답한 거냐?"

마스터가 묻자 아코가 대답했다.

『뭐냐니, 그런 건—

—싫은 게 당연하잖아요.』

"으어어어어어어어어어!!!!"

목구멍에서 이상한 소리가 새어 나왔다. 마스터가 휴대전화의 마이크를 뮤트시켰다.

"우와, 우우와, 진심이었네."

"이건…… 설마……."

"이제…… 틀렸어……."

죽고 싶어, 사라지고 싶어…….

"괘, 괜찮아, 아코가 없어도 우리가 있으니까!"

나는 아코가 있어줬으면 했다고…….

"이건 화가 난 게 아니라 진지하게 묻고 싶다만…… 어째서냐? 아코. 루시안에게 뭔가 불만이라도 있는 건가?"

마스터가 약간 당황하면서 물었다.

이제 듣고 싶지 않다. 이 이상 당했다간 진짜로 내 라이프가 제로가 되어버릴 거다.

그러나 내가 귀를 막기도 전에—.

『어, 그치만.』

휴대 전화에서 새어 나온—.

『부부에서 연인이 된다는 건, 이혼하겠다는 거잖아요.』

아코의 목소리가—.

『그런 건, 절대로 싫어요.』

들리고 말았다.

"작작 좀 해 너어어어어어!"

"니, 니시무라. 진정해!"

이런 상황에 진정할 수 있겠냐!

대체 뭐야!

내가 필사적인 마음으로 한 고백은 대체 뭐였던 거야!

『어라? 루시안? 있던 건가요?』

아무래도 내 목소리가 닿은 건지 아코가 반응했다.

"미안하군. 조금 오폭했다."

『오폭? 아뇨 그게, 지금 루시안이 있던 것 같은데—.』

"오폭했을 뿐이다."

『……네, 네에.』

마스터의 변명 같지도 않은 변명에 아코는 밀리고 말았다.

『저기, 조금 전 이야기 말인데요, 루시안도 마지막에는 웃었으니까 농담이라고 생각해요. 조금 놀랐어요.』

"놀란 건 내 쪽이야……."

"니시무라의 웃음소리, 엄청 메말라 있었겠네……."

세가와가 지친 목소리로 말했다.

하하…… 하하하…… 같은 느낌이었다. 목구멍이 찢어질 것 같은 웃음이었다고.

"그, 그렇군. 잘 알았다. 이상한 소리를 해서 미안하군."

『네~에.』

"그럼 이만."

마스터가 삑 하고 전화를 끊었다.

떨떠름한 표정을 지은 채 천천히 우리 쪽을 바라본다.

"새삼스런 이야기다만."

그리고 굉장히 진지한 목소리로 말했다.

"아코 군은 조금 위험한 게 아닐까."

"그러니까 전부터 그렇게 말했잖아!"

내가 테이블을 내려치자, 물이 담긴 유리잔이 달그락 소리를 냈다.

"아아 정말…… 이거 어떻게 된 거야. 난 차인 거야? 안 차인 거야? 어느 쪽이야?"

"고백 미성립……이지 않을까?"

"애초에 이해조차 하지 못한 것 같군."

예상 밖의 사태에 우리 셋은 모두 머리를 감싸고 있었다.

그 녀석 진짜 미래에서 살고 있네. 아무리 그래도 이럴 줄은 몰랐다.

"좋게 말하면 아코다운 착각이라고 할 수도 있겠네."

"하지만 요즘 아코는 꽤나 착실해졌다고 생각했다고."

그렇긴 하지, 라며 세가와가 의아한 듯이 말을 이었다.

"얼마 전에는 루시안이 부모님과 만났다~ 약혼이다~ 같은 소리 했었으니까. 현실에서는 부부가 아니라는 건 알고 있다고 생각했어."

"나도 그렇게 생각했으니까 내딛어 본 건데."

결과는 이 모양이다. 이 모양이라고.

"문제는 거기다, 너희들."

고개를 숙이고 있던 마스터가 천천히 고개를 들어서 무겁게 말했다.

"갖가지 관점에서 검토를 거듭한 끝에 깨달은 거다만…… 우리는 아코 군을 얕보고 있었을지도 모른다."

"얕보고 있었다……라니?"

"우리의 목적은 게임과 현실이 다르다는 걸 아코 군이 이해하게 만드는 것이었지. 좀처럼 이해해주지 않는 아코 군을 교정시킬 생각이었다. 그러나 그녀 입장에서 보면, 완고한 우리의 지시에 어쩔 수 없이 맞춰주고 있던 게 아닐까?"

"어쩔 수 없이 맞춰줬다니……."

세가와가 꿀꺽 침을 삼키는 소리가 들렸다.

자연스레 나도 긴장감이 높아졌다.

"즉, 지금까지 우리가 해온 아코 군을 향한 설득, 그 모든 것을 완벽하게 흘려비리고 있던 게 아닐까?"

마스터는 전율하며 말했다.

"네가 말한다면 그렇겠지, 네 머릿속에서는— 같은 식으로 말이다."

"그래그래 재밌네 재밌어 같은 느낌으로……?"

"왼쪽 귀에서 오른쪽 귀냐……."

그럴 리가 없다고 잘라낼 수 없는 가능성이었다.

"그것만이라면 차라리 낫지. 성가신 건 지금부터다."

마스터의 목소리가 낮아졌다.

"아무리 아코 군이라도 현실적으로 루시안과 결혼 관계가 아니라는 건 이해하고 있을 거다. 법적으로는 물론이거니와 연령적으로도 아직 불가능하지. 더욱이 우리는 게임과 현실은 다르다고 압박하고 있었다. 그 결과, 그녀는 매우 현실적이고, 현명한 선택을 한 것이 아닐까."

현실적이고, 현명하게 나온 것인가.

"이 세상에서 가장 아코답지 않은 말이네."

"나도 그렇게 생각하지만…… 무슨 선택인데."

"아코 군을 억지로 교정시키려 하는 우리와는 달리, 그녀는 기본적으로 루시안의 의견을 존중한다. 루시안의 생각과 대립하지 않고, 그러면서 자신의 희망을 받아들여주는 길을 생각했겠지. 그 결과, 그녀는 생각한 거다— 현실에서도 결혼하자고."

저기…… 어? 무슨 소리야?

"말하자면, 현실에서도 루시안과 결혼하면 그걸로 전부 해결된다는 거다. 아코 군 쪽에서 보면, 루시안과의 혼인 관계가 유지된다면 그걸로 좋은 거다. 루시안이 무슨 소리를 하든 현실에서도 게임에서도 부부가 된다면 아무 문제도 없지."

"와오…… 확실히 현실적이고 똑똑하네."

"게다가 나는 아코의 생각대로 흘러가고 있었고……."

어머니와도 인사했고, 왠지 아코를 부탁한다는 식으로 흘러갔으니 말이지. 여러모로 책임을 져야겠구나 싶은 기분이 들었다니까. 그야말로 내 쪽에서 고백하자고 생각했을 정도로.

"곤란한 건 불평할 여지가 없다는 거다. 반에서도 녹아들기 위해 노력하고 있고, 수업에도 성실하게 나온다. 그것이 루시안과 결혼하기 위해서라고 해도, 하고 있는 일은 우리의 희망과 일치하지."

"어쩔 거야, 이거."

"어쩔 거냐니…… 어쩌지."

모두 함께 얼굴을 맞댔다.

왜 이런 영문도 모를 일을 고민해야 하는 건데? 이상하지 않아?

"그냥 포기하고 결혼하지 그래?"

"아무리 그래도 아코의 인생을 전부 짊어질 자신은 없어!"

그런 건 무겁다고!

나는 평범한 연인부터 시작하고 싶다고!

애초에 현실에서는 제대로 프러포즈도 하지 않았는데 결혼이라니, 나는 절대로 인정할 수 없어!

"하지만 그럴 각오를 하면 아코 군도 약혼자라는 위치로 납득하리라 생각한다만."

"무리라고, 진짜 무리라고. 현실에서 결혼 같은 건 아직 생각도 못 했다니까!"

우와아아아 하고 머리를 감싸 안았다.

"게임과 현실은 다르단 말이야. 현실에서도 결혼한다면 제대로 단계를 밟아야지, 그렇지 않으면 나는 납득하지 않을 거야. 일단 평범한 연인으로 사귀는 부분부터야."

"우리한테 말해서 어쩔 거냐. 설득한다면 아코 군에게 해야지."

"무~리~야~!"

"……포기하고 무덤으로 가라고."

"싫~어~!"

고백의 성패 전에 이해시키는 부분부터 밟아가야 한다니

이상하잖아!

"다른 문제를 거론하자면, 루시안이 걱정하던 건 무엇 하나 해결되지 않았다."

"……그 말은?"

"게임 속이라면 몰라도, 현실에서도 서로 좋아하는지에 대해선 전혀 해결되지 않았지."

아아, 확실히 그러네. 하하, 하하하하하.

"……역시 죽을까."

"그만두라고."

"하지만 좋지 않은가. 고민해라, 루시안."

마스터는 오히려 기분 좋게 웃었다.

"아코 군이 루시안에게 프러포즈를 한 건 게임 속 일이다. 하지만 아코 군은 지금 루시안이 고민하던 것을 전부 뛰어넘은 상태에서 한 말이었겠지. 그녀는 이미 예전부터 각오를 했다. 루시안도 노력하도록 해라."

"그러네. 그 애는 몇 번을 거절당했는데도 노력했으니까, 너도 노력하라고."

확실히 아코의 프러포즈는 몇 번이나 거절했다. 게임 속의 결혼은 이제 싫다고 생각했으니까. 아코가 여자아이라는 생각도 못 했고.

하지만 아코 쪽에서 보면 그건 내가 고백한 것 이상의 각오를 담은, 진심의 프러포즈였다.

그렇게 생각하니 나도 이런 곳에서 포기할 수는 없……나?

"……나도 조금 더 달라붙어 볼까."

"그렇게 해."

이 정도로 마음이 꺾이면 내 신부가 웃겠지.

좋아, 나도 몇 번이고 아코에게 도전해볼까!

"그럼 그렇게 됐으니."

"음, LA에서 보도록 하지."

"기다려."

재빨리 돌아가려던 세가와의 팔을 콱 움켜쥐었다.

"다 끝났다는 얼굴로 돌아가려 하다니, 이야기는 아직 끝나지 않았어."

"어, 어어, 뭐가 남아 있다는 거야?"

남아 있어 남아 있어, 오히려 무엇 하나 해결되지 않았다고.

"결국 아코는 어쩔 거야. 그 녀석 전혀 착실해지지 않았잖아. 적어도 내 마음을 전해줄 수 있는 방법 정도는 같이 생각해줘."

"나는 이제 두 손 다 들었는데…… 잠깐, 그렇게 필사적인 얼굴은 하지 마."

내가 나쁜 놈이 된 것 같잖아…… 라며 세가와가 곤란한 표정을 지었다.

그치만 지금 너희들한테 버림받으면 나는 아무 계획도 없이 아코한테 도전해야만 하잖아!

이길 수 있는 비전이 전혀 보이지 않는다고!

"맡겨둬라, 나에게 생각이 있다."

"오오, 정말이야?"

역시 마스터, 믿음직스러워!

"물론 너희도 도와줄 필요가 있다만, 괜찮나?"

씨익, 마스터는 음모를 꾸미듯이 웃었다.

그날 밤. LA 안, 여느 때의 술집.

◆아코 : 루시아~안! 늦었잖아요.

조금 조심스럽게 로그인한 나를, 너무나도 평소 그대로인 아코가 맞이했다.

◆루시안 : ……안녕.

◆아코 : 네, 안녕하세요. ……왜 그러시나요. 그렇게 딱딱하게.

아코가 부끄러워하면서 가족이잖아요, 라고 말했다.

그, 그렇군. 부부니까. 응…….

◆슈바인 : 아무리 이 몸이라도 루시안이 안쓰럽게 보일 지경이야.

◆애플리코트 : 루시안…….

상대는 내 신부인데 이제 어떻게 대해야 할지 전혀 모르겠어.

◆아코 : 자자, 지옥의 시험도 끝났어요! 사냥하죠! 놀죠! 저는 마음껏 할 거예요!

◆루시안 : 어, 어어.

◆슈바인 : 그야말로 악당이로군…….

한껏 들뜬 아코와, 미묘한 텐션의 우리였다.

그런 우리 앞에 마스터가 서서 커다란 채팅 문자를 표시했다.

◆애플리코트 : 그 전에 연락 사항이다. 합숙 예정이 정식으로 결정됐다!

두둥 하고 예정이 표시되었다.

◆애플리코트 : 오늘 전달한 대로, 기간은 여름 방학에 들어서고 나서 첫 주말. 금요일 아침 여섯 시에 마에가사키 역 앞 로터리에 집합이다. 준비물 같은 세세한 사항은 문자로 보낼 테니 확인하도록.

삐빅 하고 문자가 도착했다.

준비물은 이틀 묵을 준비, 실컷 놀겠다는 기합, 온라인 게임을 사랑하는 마음.

당연하다는 듯이 수영복도 쓰여 있는데, 나도 사러 가야 하나.

달리 필요한 건 더 적혀 있지 않았다. 예산은 3천 엔.

◆슈바인 : 3천 엔인가…… 으그극, 꽤나 많이 드는군.

◆애플리코트 : 내가 내줘도 상관은 없다만, 이런 건 보통 사양하는 법이지?

2박 3일에 3천 엔인 시점에서 마스터가 여러모로 엄청나게 부담해주는 느낌이 드는데.

상관없나. 신경 쓰지 말라고 한다면 마음껏 의지하자.

◆애플리코트 : 자, 그럼. 이 합숙의 내용, 그것이 바로 이번 설명의 핵심이다. 알겠나. 잘 들어둬라. 그것은— 인터넷 접속을 금지하는 인터넷 금지 합숙! 이른바 『인터넷에 접속해서는 안 되는 합숙 24시간』이다!

◆아코 : 에에에에에에에엑.

아코의 경악스러운 채팅이 흘렀다.

어째서 이렇게 되었느냐 하면, 잠시 회상으로 들어가자.

"허어, 인터넷 금지라."

"음."

위로연(가칭) 마지막에 마스터가 꺼낸 말이 이 인터넷 금지 합숙 제안이었다.

"이제 아코는 현실에서도 부부가 될 생각으로 가득하잖아. 잠깐 인터넷에서 떼어놓는다고 해도 무리 아니야?"

"그렇다고 볼 순 없지."

세가와가 냉정하게 말했지만 마스터는 자신감이 있었다.

"그녀도 한 사람의 사랑하는 소녀라는 건 틀림없다. 게다가 내심 평범한 연애를 동경하고 있지. 그렇다면, 우리가 솔선해서 청춘을 구가하는 고등학생이 되어 그럴싸한 리얼충의 여름을 보내고, 그런 가운데 퍼펙트하게 좋은 분위기에서 고백을 하면 된다. 그러면 아코 군도 간단히 속아 넘어가겠지."

생각하는 게 완전히 악당인데. 속이면 안 되잖아.

"애초에 퍼펙트하게 좋은 분위기에서 고백이라니 뭔데. 바다로 저무는 석양이라도 봐? 아니면 밤하늘에 가득한 별이라도 봐?"

"모든 것이 가능한 환경을 준비해두었다. 루시안 나름이겠지."

"책임이 무겁네……."

"네가 해야 하는 거니까 당연한 거잖아."

지당한 말이다. 면목이 없군.

그건 그렇고…… 인터넷 금지라. 이 멤버라면 그렇게 지루하지는 않으려나.

가끔은 평범한 고등학생답게 지내는 것도 나쁘진 않겠지.

"평범한 고등학생처럼 평범하게 고백해서, 평범하게 OK를 받으면 되는 거지. 좋아……."

"한번 해볼까?"

"그럼 결정이다!"

이런 일이 있었던 거다.

◆아코 : 인터넷 금지라니 그럼…… 휴대 전화는요……?

◆애플리코트 : 조작하는 걸 들켰을 경우에는 벌칙 게임이다.

◆루시안 : 아코, 아웃!

◆아코 : 히익, 몽둥이로 엉덩이 맞는 건 싫어요!

아코가 나에게서 달아났다.

괜찮아, 딱히 벌칙 게임을 구체적으로 정하진 않았으니까.

◆애플리코트 : 알겠나. 온라인 게임을 하는 데도 결국에는 체력이 필요하다. 보스를 기다리는 것도, 장기간의 전투에서 집중력을 유지하는 것도, 작업처럼 잡몹들을 사냥하는 것도 전부 체력이 중요하지. 그러므로 현대통신전자 유희부도 합숙은 아웃도어다. 각오해두도록.

◆아코 : 저기…… 몸이 안 좋을 경우 결석은—.

◆슈바인 : 돌아온 우리는 사이좋게 청춘의 추억을 이야기할 텐데, 그것을 옆에서 들으며 태연하게 있을 수 있을지 잘 생각해보시지.

◆아코 : 후에에엥, 갈게요오오오.

좋아, 아코도 참가 결정.

이렇게 해서 현대통신전자 유희부는 『인터넷에 접속해서는 안 되는 합숙 24시간』을 개최하게 되었다.

††† ††† †††

금요일. 시각은 아침 여섯 시 조금 전.

나는 숄더백을 짊어지고 터덜터덜 걷고 있었다.

"졸려……."

그치만 아침 여섯 시 집합이라니, 이거 일어나는 시각은 다섯 시쯤이라는 거잖아.

다섯 시라니, 최근 몇 년간 일어난 적이 없는 시간이라고. 오히려 자는 시간이란 말이야.

그런데다 합숙 중에 한 번 아코에게 고백을 해야 되기 때문에 긴장도 돼서 거의 자지 못했다.

비틀비틀 집합 장소인 역 앞 로터리로 향하자 그곳에는 커다란 밴과 고양이공주 씨, 그리고 마스터가 기다리고 있었다.

"좋은 아침입니다……."

"좋은 아침, 루시안."

"니시무라 군이 두 번째네. 좋은 아침."

고문답게 여러모로 할 것이 있던 모양인지 고양이공주 씨가 클립보드에 체크 표시를 했다.

두 사람 모두 나른한 모습이 전혀 없었다.

"왜 그렇게 멀쩡한 건가요."

"그래 봐야 벌써 아침이다. 해도 꽤나 높이 떴지."

"대학 시절에는 레슬링부였거든. 합숙 같은 건 일상인

데?"

고양이공주 씨가 알통을 만들어 보였다. 그러고 보니 그랬던가.

우리 부 유일한 육체파가 고문 교사라니 이래도 되나.

차에 짐을 싣고 기다리기를 몇 분. 역에서 작은 그림자가 두 개 나왔다. 양쪽 모두 비틀비틀 캐리어 케이스를 끌고 있었다.

바다로 간다는 게 뻔히 보이는 스포티한 차림의 세가와와 운동할 생각이 전혀 없는 하늘하늘한 복장의 아코는 멀리서 봐도 상당히 대조적이었다.

"……아침."

"좋은 아침입니다아~."

굉장히 저기압인 세가와와 멍한 미소를 짓고는 있지만 눈을 감았다간 그대로 자버릴 것 같은 아코가 왔다.

"좋은 아침, 아코."

"좋은 아침이에여후아암."

그대로 케이스 위에 털썩 주저앉는다. 괘, 괜찮냐 아코?

"상태 이상 수면이에요……."

"만능약을 먹어 만능약을."

"갖고 있지 않다고요오."

힐러는 그런 걸 제대로 준비하지 않으면 안 되잖아!

"졸려……."

“세가와 너 꽤 저혈압이냐?”

“졸리니까 가만히 있는 거지만, 기분이 나쁜 건 아니니까 내버려 둬.”

세가와가 사람이라도 죽일 것 같은 얼굴로 말했다.

음. 내버려 두자.

“좋아, 전원 집합이네.”

시트에 체크 표시를 한 선생님이 클립보드를 옆구리에 꼈다.

“그럼 모두 모였으니, 현대통신전자 유희부, 여름 합숙을 개시한다!”

부장으로서 마스터가 선언을 했지만.

“오…….

“네네…….”

“……쿠울…….”

슬플 정도로 늘어진 대답이 돌아왔다.

그보다 한 명은 자고 있었다.

“애, 얘들아? 즐겁고도 즐거운 합숙 첫날 아니니? 왜 그렇게 의욕이 없어?”

“여섯 시 집합은 졸리다고요.”

“그냥 돌아가서 자고 싶어…….”

“너희도 참…….”

과연 화를 내야 할지, 어이없어해야 할지, 울어야 할지 갈

피가 안 잡히는지 선생님은 복잡한 표정으로 이마를 눌렀다.

왠지 미안하다는 생각이 들지만, 졸린 건 졸린 겁니다.

"전원 야행성이니, 밤이 다가오면 기운을 되찾겠죠."

"……고쇼인, 부원의 교육이 잘못된 거 아니니?"

"저희 부에서는 이래야 엘리트입니다만."

"아, 그러니."

포기했는지 선생님은 별수 없다며 어깨를 으쓱했다.

"학교 매뉴얼에는 고문이 운전할 때 부원은 잠들지 않도록 지도해야 한다고 되어 있지만…… 이래선 무리 같네."

"그 점은 유동적으로 하시죠."

"어쩔 수 없네."

학교 매뉴얼에 그다지 연연하지 않는지 고양이공주 씨는 바로 운전석에 올라탔다.

조수석에는 마스터가 앉고, 내가 뒷좌석에 앉았다.

"루시안…… 아녕히 주무세여……."

아코는 내 옆에 앉은 직후 곧바로 어깨에 얼굴을 기댔다.

"잘 거야?"

"도착하면 깨워……주세요……."

"……오냐."

귓가에 조용한 숨소리가 들렸다.

당연한 듯이 몸을 맡기는 아코가 귀엽기도 했고, 오늘은 원망스럽기도 했다.

이런 걸 태연하게 하니까…… 젠장. 말해도 별수 없지만.

"그보다 결국 자세한 예정을 못 들었는데."

"그럼 지금 이야기해두도록 할까."

마스터가 수첩을 팔랑팔랑 넘겼다.

저기에 대체 뭐가 쓰여 있는 걸까.

"예정으로는 아홉 시 이후에 숙박 예정인 별장에 도착한다. 해안까지의 거리도 가깝지. 우리 집 사유지이니 마음대로 써도 괜찮다."

우리 집이라니…… 자세하겐 묻지 말자.

"먼저 열 시부터 해변에서 체력 단련이다."

"즉 바다에서 노는 거지?"

"체력 단련이다."

그렇게 주장했다. 그런 명목인가 보다.

다른 부활동도 비슷한 걸지도 모른다.

"점심은 역시 바닷가 가게다. 괜히 겉멋을 부리는 것보다는 그게 낫겠지."

"허어."

"단, 식후에 수박 깨기는 한다. 이건 제쳐둘 수 없지."

"……."

"수박 깨기가 끝나면 다시 해변에서 체력 단련이다. 개인적으로는 바나나 보트를 타보고 싶군."

이미 체력 단련이라는 명목이 흔적도 없습니다만, 이걸로 괜찮은 겁니까.

"날이 저물면 별장으로 돌아간다. 저녁은 베란다에서 비비큐다."

"바비큐겠지."

BBQ라고 말하고 싶었던 거구나, 마스터.

"끝나면 불꽃놀이를 한다. 쏘아 올리는 불꽃을 의뢰하려고 했다만, 너무 거창한 것도 그렇다기에 결국 일반인에게도 허가가 나오는 범위에 머물렀다."

"……저기, 마스터."

"오전 0시 이후부터는 담력 시험에 들어간다. 이것에 관해서는 아코와 루시안을 페어로 하고 싶지만, 역시 여기서는 공평하게 제비뽑기로—."

"마스터."

"뭐냐, 왜 그러나."

생기 넘치는 표정으로 예정을 말하는 마스터를 일단 중단시키고 물었다.

"이거…… 마스터가 하고 싶은 걸 다 넣은 거 아냐?"

"……잘 들어라, 루시안."

마스터가 씨익 웃었다.

"나에게는, 친구가, 없었단 말이다."

하지만 그 눈동자는 전혀 웃고 있지 않았다.

"마음껏 즐기죠."

흘러넘칠 것 같은 눈물을 꾹 참았다.

"우후……."

문득 주위를 보자, 창문에 얼굴을 기대고 자고 있는 세가와의 입에서 침이 나왔다 들어갔다 하고 있었다.

혹시나 해서 내 어깨를 보자—.

"……루시안…… 좀 더……."

칠칠맞지 못한 미소를 짓는 아코의 입에서 침이 흘러나왔다. 어깨가 조금 차가워졌다.

"다들 일어나렴~ 무사히 도착했단다~."

"좋은 아침이에요."

"좋은 아침~."

"……아아, 응. 둘 다 좋은 아침."

아코와 세가와가 참 잘 잤다는 듯이 말끔한 얼굴로 내려왔다.

그리운 바다 냄새에 밀려왔다 돌아가는 파도 소리.

숙박 예정 건물은 해안이 정말로 코앞에 있는, 틀림없는 해변의 별장이었다.

"앗 뜨거……."

"그렇지?"

멍하니 별장을 올려다보던 우리에게 햇살이 가차 없이 쏟아졌다. 벌써 해는 충분히 떠올라 있었다.

“저기, 도착 예정이 아홉 시였는데, 지금은 열 시 반인데요.”

“이야~ 렌터카에 내비게이션을 달지 않은 건 실패였네.”

“휴대 전화 앱을 과신한 것이 실패였다. 반성해야겠군.”

저기, 여기 집안 별장 아니었어? 왜 위치를 모르는데? 대체 몇 채나 있는 거야?

“뭐, 상관없나. 이봐, 너희들~ 자기 짐 가져와~.”

“니시무라~ 들어줘~.”

“웃기지 마.”

네 짐 같은 걸 들어줄까 보냐.

“칫.”

“혀를 찰 정도냐, 어이.”

이 자식 하고 팔을 걷어붙일 때 누가 소매를 꾹꾹 잡아당겼다.

“루시안, 도와주세요.”

“그래그래.”

참 손이 많이 가네, 아코는.

“잠깐, 이 차별은 뭐야?!”

“칫, 시끄럽구만. 반성하고 있어요~.”

“뭐야 그게?! 조금도 반성하지 않는 거지?!”

왜냐하면 이런 건 차별이 아니라 구별이거든.

그건 그렇고…… 별장 굉장하네.

드넓은 거실, 호화로운 주방, 커다란 테이블이 있는 다이닝 룸. 그 밖에 유희실 같은 것도 있다고 한다.

“별장이 있다고 말한 시점에서 누구도 놀러 오겠다고 하지 않았으니까. 처음 온 손님이로군…… 후후후후후…….”

“얘, 고쇼인. 이 별장 얼마나 하는 거니? 얘? 어느 정도?”

“저기, 학생의 별장 단가를 묻는 건 그만두시지 않을래요?”

“하, 하긴 그렇다냐. 그랬다냐.”

소시민인 고양이공주 씨는 아직까지 동요를 감추지 못했다.

“그럼 짐을 푼 뒤엔 어쩔 거야? 청소? 이불 말리기?”

“오늘 오기로 한 건 전해뒀다. 그런 일은 관리인이 해주겠지.”

“호텔 같네요.”

“편리하네.”

“저기, 부활동의 합숙이란 건 그런 게 아니지 않니? 청소나 잠자리 준비 같은 건 전부 학생이 해야 하는 거 아닐까?”

선생님은 한층 혼란에 빠졌다.

최근의 유토리 합숙[#8]에 대한 컬처 쇼크가 고양이공주 씨

#8 유토리 합숙 일본의 교육 정책이었던 유토리 교육을 빗대어 사용한 말.

를 덮친 모양이다.

"그런고로…… 바로 헤엄치러 간다!"

"바닷가에서 체력 단련 말이지."

명목은 중요한 겁니다.

"그럼 대망의 수영복 타임이다. 우리는 건물 안에서 갈아입도록 하지. 루시안은 차를 써라."

"예입."

딱히 이의는 없다.

순순히 나가려던 나에게 아코가 말했다.

"근데 방은 꽤 많지 않나요? 안에서 해도 되잖아요?"

"아코는 뭘 모르는군."

마스터가 칫칫칫 손가락을 흔들었다.

"그런 짓을 했다간 수영복을 첫 공개하는 순간이 실내가 돼버리지 않나. 그래서야 모처럼의 감동도 반감되지. 밝은 태양, 뜨거운 모래사장, 바닷가의 파도소리. 그리고 빛나는 여자 부원의 수영복. 바로 이거 아니냐!"

"그렇군요!"

아코가 손을 탁 내리쳤다.

"역시 마스터! 상황만 갖춰지면 루시안도 확1타네요!"

"타입 일치에 네 배 약점으로 확1타지."

여섯 배 대미지로 내가 기절해버리잖아.

사실 아코한테는 이미 당했지만.

"그럼, 기왕 이렇게 됐으니 기대하고 있을게."

"네~에."

남자는 어디서 갈아입든 상관없고, 정말로 아무래도 좋다.

차로 가려고 할 때 세가와가 나를 뚫어져라 노려봤다.

"그럼 니시무라, 훔쳐보지 마."

"누가 훔쳐보겠냐."

"훔쳐볼 때는 한 마디 정도 해주세요."

"안 해! 아니 훔쳐보지도 않아!"

"누가 경찰 좀 불러줘~."

"안 훔쳐본다고 했잖아!"

아코의 방향성이 이상하니까 나까지 갈피를 못 잡게 되잖아!

"나 참. 난 아직 죽고 싶지 않으니까 그런 무모한 짓은 안 해."

"아무리 그래도 죽이진 않겠지만 한 방 날릴 거야."

세가와가 의기양양하게 말했지만.

"……왠지 네 드넓은 도량은 가끔 멋있네."

"……응?"

그 가느다란 팔을 한 방 버티기만 하면 된다니, 그럼 차라리 훔쳐볼까 싶은데.

"아무튼 먼저 갈아입고 해변에서 기다릴게."

"네~에, 곧바로 갈게요!"

내가 나가기도 전에 이미 갈아입기 시작하는 멤버들에게서 슬쩍 눈을 돌리고 별장을 나섰다. 미련이 남지 않는다고는 단언할 수 없지만.

"……."

힐끔 주위를 둘러봤다.

"어디서 훔쳐볼까."

아니, 딱히 진심으로 훔쳐보고 싶다는 건 아니지만.

그래도 여자들이 꺄아꺄아 소란 피우며 갈아입는 모습을 조금은 보고 싶잖아.

매우 아카데믹한, 학술적 호기심이랄까, 지적 탐구심이랄까.

게다가 설령 들켜도 아코는 그렇게 화내지 않을 것 같고. 세가와는 한 방 버티면 되고. 마스터는 차라리 웃을 것 같고. 고양이공주 씨는—.

"빨리 갈아입을까……."

래리어트로 바다까지 날아가는 자신의 모습이 실감나게 상상되었기에 그만두기로 했다.

차 뒤쪽에서 냉큼 갈아입었다. 오, 비치파라솔 같은 게 있네. 가져가자.

이 별장 입지 조건이 너무 좋다. 계단 하나 내려가면 바로 모래사장이다.

여름 방학이니만큼 나름대로 붐비긴 하지만 별장이 있는

이 부근에는 사유지 간판이 세워져 있어서 사람이 없었다.

"……일본에도 프라이빗 비치가 있었나."

모래사장 일부민이긴 하지만 굉장하네, 이쪽 세계는.

이영차 하고 파라솔을 세워서 누웠다.

아아, 차에서 자질 않았더니 졸려…….

"루시안, 루시안."

요즘에는 본명보다도 자주 듣는 부름에 멍하니 눈을 떴다.

아직 흐릿한 시야 속에 흰색과 붉은색과 검은 뭔가가 비쳤다.

"으음…… 아코……."

"잘 잤나요?"

조금 쑥스러운 목소리. 몇 번 눈을 비비자 곧바로 시야가 깨끗해졌다.

나를 내려다보는 아코의 모습. 새하얀 몸에 순간 놀랐지만 별일은 아니었다. 평소에는 흐트러져 있던 머리카락을 뒤로 묶고 수영복을 입고 있을 뿐이다.

분류로는 아마 비키니라고 부를 거라 생각한다. 위와 아래가 나눠진 디자인이다. 나 말고 다른 것에는 조금 소극적인 아코치고는 굉장히 분발한 셈이다. 프릴이 잔뜩 붙어서 하늘하늘 흩날리는 수영복이 아코의 부드러운 몸을 감싸고 있었다.

수영복 중앙에 달린 리본과, 묻혀버릴 것 같은 계곡에 시선이 빨려 들어갔다. 슬금슬금 손을 뻗으려던 걸 황급히 제지했다.

등 뒤로 햇빛을 받는 아코를 아래부터 찬찬히 살펴보자 확실히 마스터의 말도 어긋나진 않은 것 같았다. 이건, 나 같은 녀석에게는 확실히 일격이다. 확정 한 방이다.

"저, 저기, 너무 보지 말아주세요."

"미, 미안."

이런, 깜짝 놀라서 너무 보고 말았다.

허둥지둥 고개를 돌리자 아코는 내 옆에 앉았다.

"어어, 다른 사람들은?"

"아직 좀 걸리는 모양이라 저만 먼저 왔어요. 루시안 혼자 기다리는 것도 쓸쓸하잖아요."

배려가 넘치는 신부다.

"근데 마스터는 제대로 수영복을 공개하고 싶었던 거 아니야?"

"저를 공개해도 별 거 없잖아요."

아코가 헤헷 하고 힘없이 웃었다.

딱히 그렇게 겸손해질 필요는 없는 것 같은데. 평소에는 머리카락으로 가려진 얼굴이 확실히 보여서 그런지 더욱 잘 느껴진다고.

내 신부, 엄청 귀엽잖아.

나, 이 녀석한테 고백하는 거야? 정말로?

아무리 그래도 좀 무모한 짓 아니야?

차이는 것도 어떤 의미에선 당연한 걸로 보이는데.

"……내 입장에서는 아코가 메인이었다만."

조금 예행연습 삼아 그런 소리를 했다.

"기, 기쁜 것도 같고, 부끄러운 것도 같고, 기쁜 것도 같네요."

아코는 내가 반대로 부끄러워질 정도로 아우아우 거리며 부끄러워하고 있었다.

귀엽다. 뭔가 전부 귀엽다.

"나한테 보여준다고 해놓고서 그렇게 부끄러워하기는."

"실제로 입기 전이라면 무슨 말이라도 할 수 있다고요! 하지만 이렇게 실전을 맞이하면, 왜 그때 쓸데없이 건방진 소리를 했을까 후회한단 말이에요."

너는 나냐. 아니, 내 신부인가.

"그래도 그런 걱정은 필요 없어. 엄청 귀여워. 자신감 가져도 돼."

"……고맙습니다."

아코는 에헤헤헤 하고 웃으며 꼬옥 무릎을 끌어안았다.

아코의 무릎에 가슴이 짓눌려서 물컹 일그러지는 게 보였다.

이제 어디로 시선을 둬야 할지 전혀 모르겠어.

"니시무라~, 아코 안 왔어~?"

그때 별장 쪽에서 세가와가 걸어왔다.

비치 샌들을 짝짝 울리면서, 양손에는 스노클이나 물갈퀴 같은 걸 들고 있었다. 놀 생각이 넘치는구만, 저 녀석.

"아, 역시 와 있었네. 예정이 엉망이 됐다면서 마스터가 쇼크를 받았다고."

"아하하…… 죄송합니다."

"내 예정으로는 지금쯤 루시안이 코를 누르며 화장실로 달려가야 했건만."

뒤늦게 온 마스터가 이를 갈았다.

마스터 머릿속의 나는 중학생이나 뭐 그런 건가. 아니, 중학생도 그런 반응은 안 보일 텐데.

"결국 다들 평범하게 나왔잖아. 딱히 지금부터 다시 해도 상관없는데."

"주역이 먼저 나왔는데 나중에 조역이 뽐내본들 소용없지."

마스터는 아쉬워하며 짐을 놓았다.

역시 고등학생의 한계를 넘지는 않았지만, 이 사람 자기 피부를 보여주는 데 저항이 없네. 수영복 끄트머리가 끈이라고 끈. 저거 살짝 잡아당기기만 해도 엄청난 일이 벌어질 것 같은데. 파레오를 둘렀으니 망정이지 아래쪽 엄청 위험하지 않나?

"마스터, 스타일 굉장하네."

저도 모르게 말하자 마스터는.

"영양 관리와 직당한 운동, 적절한 수면 시간으로 체형은 어느 정도 만들 수 있으니 말이다."

흐흥, 하고 자랑스럽게 가슴을 폈다. 출렁 흔들렸다. 굉장하네.

"네네. 어차피 나는 치우친 영양 상태에다 운동 부족에 수면 부족에 발육 불량이라고요."

세가와가 혀를 찼다.

확실히 색기가 넘치는데요~ 같은 수영복은 아니지만 귀엽고, 오히려 세가와답고, 나는 결코 나쁘지 않다고 생각하는데 말이지.

"꽤 하네, 슈바인."

"뭐가?"

"쓸데없이 비키니 같은 걸 입지 않은 부분이 호감이 가."

"……바보 취급하는 거야?"

주먹을 쥐는 것이 보여서 황급히 손을 내저었다.

"아냐 아냐! 칭찬이라고 칭찬! 잘 어울리고 귀엽고!"

"고맙기도 해라."

굉장히 대충 감사를 표한 것 같지만, 화내지는 않았으니 넘어가기로 하자.

"……니시무라 군 대단하네."

고양이공주 씨가 눈을 조금 크게 뜨며 말했다.

"뭐가요. 선생님의 수영복 말인가요."

경영까지는 아니지만 교사답게 깔끔하고 단정하고 스포티했다. 이대로 수영 수업이라도 할 것 같다. 드문드문 고양이 문양이 들어 있는 건— 아마 취미겠지.

"그게 아니라. 잘도 그렇게 평범하게 칭찬하는구나 싶어서. 내가 고등학생 때는 남자한테 귀엽다는 소리를 들은 적이 없었거든?"

"저도 동급생한테는 절대로 말하지 않을 것 같은데요."

귀, 귀여, 귀여워, 으흐흐흐흐, 라고 해서 상대가 도망치는 게 고작일 것 같다.

그 후에 어떤 대우를 받을지는 상상하고 싶지도 않다.

"타마키와 세가와도 동급생이잖니."

"동급생이라기보다는 길원이니까요. 아코와 슈바인한테 무슨 소리를 해도 그다지 부끄럽지는 않아요."

슈바인과 마스터가 평범하게 남자라고 생각했던 시절에는 태연하게 섹드립을 치기도 했다. 그러므로 이제 와서이긴 하지.

지금 와서 생각해보면 등골이 오싹해지지만!

"그런 거려나."

고양이공주 씨는 조금 의아해하며 눈을 가늘게 떴지만, 그런 거라니까요.

"그보다 아코, 너 먼저 나왔는데 선크림은 발랐어?"

"그게, 갖고 오지 않았어요."

세가와에세 콕콕 등을 찔린 아코는 준비물에 들어 있지 않았다며 당연한 듯이 말했다.

"쓰여 있지 않아도 가져오는 게 당연하잖아. 그 건강하지도 않은 새하얀 피부로 하루 종일 바깥에 있다간 일주일은 계속 쑤실걸."

"일주일이나 DOT인가요."

"움직이는 것만으로도 쓰라린 탄 피부 대미지야."

"히익."

아코가 몸을 떨었다.

"발라줄 테니까 자, 가만히 있어."

세가와는 하얀 액체를 용기에서 짜내서 치덕치덕 아코의 몸에 바르기 시작했다.

"히이이이익, 간지러워요."

"얌전히 있어. 넌 어디를 만져도 몽실몽실하네."

"햐우웃."

오오, 아코가 하얗고 끈적끈적한 걸 바르고 있네. 엄청난 광경이다.

이 얼마나 괘씸한가. 잘한다, 더 해라.

"왜 바라보고 있는 건가요, 루시안?!"

"아이고 고맙습니다~."

저, 이거 보고 딸쳐도 되겠습니까.

물론 안 하겠지만.

“그러는 루시안도 뭔가 바르진 않은 모양이다만.”

마스터가 내 어깨를 두드리며 말했다.

그런 소리를 해본들.

“그치만 준비물에 안 쓰여 있었고.”

“이 끼리끼리 부부가…… 좋아, 발라주마.”

“오오옷?!”

오싹하게 차갑고, 질척질척하고 끈적끈적한 하얀 액체가 내 등에!

“루시안의 등은 저도 바를래요!”

“그럼 둘 다 한꺼번에 발라줄까.”

“잠깐, 그만, 기다려 그건 안 돼에?!”

30개의 가느다란 손가락이 전신을 기어 다녔다. 제대로 발라주는 세가와는 둘째 치더라도, 마스터의 손놀림은 왠지 에로하고, 아코에 이르러서는 몸을 밀어붙이고 있고!

“좋~아, 이걸로 오케이.”

“더럽혀졌어…… 나 더럽혀졌어…….”

“호들갑스럽구나, 루시안.”

끝난 무렵에는 뭔가 소중한 걸 잃어버린 기분이 들었다.

적어도 조금 더 타인에게 자랑할 수 있는 육체였다면 부끄럽지 않았을지도 모르건만…….

"너, 조금은 근육 기르는 게 어때?"

"지금 막 생각했다고! 말하지 마!"

지금부터 근력 트레이닝을 하면 내년에 맞출 수 있으려나 — 아니, 분명 작심삼일로 끝나겠지.

"그럼 준비도 끝났군. 지금부터 바다로 들어간다!"

오오! 라는 우리들의 목소리가 겹쳤다.

††† ††† †††

뜨거운 태양. 푸른 바다. 넘실넘실 흔들리는 부드러운 파도.

"바다네요, 루시안……."

"그러네, 아코."

넘실넘실, 넘실넘실.

"있잖아, 거기 두 사람."

둥실둥실, 둥실둥실.

"졸려오네요……."

"기분 참 좋네……."

"저기, 니시무라 군, 타마키?"

"네에~?"

"뭔가요~?"

멍하니 대답했다.

고양이공주 씨가, 어째서인지 굉장히 의아한 표정으로 우리를 보고 있었다.

"뭔가요~ 가 아니라, 뭐하니?"

"떠 있는데요~."

"그에 어울려주고 있는데요."

파도치는 곳에 가까운, 아직 발이 닿는 위치에서 아코는 튜브에 엉덩이를 꽉 끼우고 둥실둥실 떠 있고, 나는 그 튜브를 붙잡고 떠 있었다.

"바다에서 노는데 처음 선택한 게 그거?"

"편안해지는데요~."

"이것도 나름대로 즐거운데요."

바다가 느껴지고, 느긋하게 있을 수 있으니까.

"그리고 다른 둘은?"

"세가와는 아까부터 잠수하고 있는 모양인지라, 가끔 불쑥 나와요."

때때로 다리를 잡아당기는 바람에 깜짝 놀란다. 넌 요괴나 뭐 그런 거냐.

"고쇼인은?"

"마스터라면 저쪽에서 자유형을 하는 게 보였는데요~?"

첨벙첨벙 힘차게 헤엄치고 있었다. 그거 참, 기합이 엄청 들어갔더라.

"……왜 따로 행동하니?"

"이상한가요?"

고양이공주 씨가 의아한 듯이 묻자 나도 고개를 갸웃하며 답했다.

"모처럼 바다에 왔으니까 마음껏 즐기지 않으면 손해잖아요."

"모두 함께 왔으니까 모두 함께 놀지 않으면 손해 아니니?"

아~, 그것도 이해는 된다. 이해야 되지만.

"그건 말이죠……."

어떻게 말해야 전해질지 고민했다.

"예를 들어, 온라인 게임에서 새로운 맵이 추가됐다고 치죠."

"으, 으응."

선생님은 이미 미묘한 표정을 짓고 있었지만 그대로 말을 이었다.

"그러면 우리도 모두 함께 새 맵으로 가지만, 들어가면 일단 흩어져요."

"어, 어째서?"

"새 맵에서 가장 중요한 건 솔플로 사냥했을 때 경험치 효율이 어떤가, 레어는 나오는가, 사망률은 어떤가, 그런 부분이니까요. 저랑 아코는 페어로 움직이지만, 다른 둘은 자유행동이에요."

"……하아, 그래서?"

고양이공주 씨는 두통을 느끼는 모양이었다.

"어느 정도 돌아보고 나서 다른 둘과 합류한 뒤에 마지막으로 넷이서 할 때의 효율을 확인해보죠. 혼자서 할 만큼 해보고, 끝나면 합류. 이게 패턴이에요. 그러니까 두 사람 모두 어느 정도 즐기면 이리로 올 거라고 생각해요."

"그게 요즘 애들의 평범한 행동이니?"

"잘 모르겠지만, 우리에게는 평범하죠."

따로 행동을 한다고 해서 기분이 나쁘다든가, 화가 났다거나 그런 걱정을 할 필요도 없으니까.

어차피 질리면 돌아오겠지.

"……그런 거니?"

잘 모르겠다냐, 라고 살짝 중얼거린 고양이공주 씨는 모래사장에 주저앉고 말았다.

그런 곳에 계속 있다간 피부 탈 텐데요.

"……쿠울."

"야, 자지 마."

"햐읏."

뜬 채로 잠들려고 하던 아코에게 물을 뿌렸다.

"이야~, 실컷 잠수했네. 의외로 물고기가 많더라."

모래사장에 누운 세가와가 말했다.

“역시 물속에서는 전력으로 헤엄을 쳐야지.”

마스터도 그 옆에 누워서 젖은 몸을 말리고 있었다.

“두 사람 다 기운차네요. 저는 한 번도 물에 얼굴을 담그지 않았는데요.”

“뭐 하러 바다에 온 건데.”

“그치만 바다는 짜잖아요.”

아코가 떨떠름한 얼굴로 말했다.

“실은 나도 수영장 쪽이 좋아.”

나도 쓴웃음을 지으며 동의했다.

“하지만 수영장에는 이런 모래사장이 없잖아.”

“음. 이것이야말로 바다의 묘미지.”

“잘난 듯이 말하는데 마스터, 바다에 온 건 몇 번째야?”

“대답을 원하나?”

“정말로 미안.”

하하하하하, 웃음소리가 겹쳤다.

“이야~, 즐거웠어.”

“그렇군. 합숙으로 이곳을 고른 건 매우 정답이었다.”

“또 오죠!”

“그러네. 기회가 된다면야.”

청춘의 추억을 말하는 우리들.

“잠깐, 너희들.”

그런 우리를 내려다보던 선생님이 차가운 목소리로 말했다.

“멋대로 끝난 분위기를 내고 있는데, 고작 열두 시 조금 지났단다.”

바닷가에 온 지 아직 한 시간 정도밖에 지나지 않았다.

“그건…….”

“뭐랄까, 그게 말이죠.”

“그게…….”

“……그렇지?”

말문이 막힌 우리들.

“저, 슬슬 온라인 게임이 하고 싶구나~ 해서요.”

살짝 본심을 말해봤다.

“개인적으로, 바다는 이제 실컷 놀았단 느낌이 들어.”

“슬슬 별장에서 자고 싶어요.”

세가와와 아코가 시선을 돌리며 말했다.

“아직 다 놀았다고 말할 정도로 놀지 않았잖니!”

“덥고, 지치고…….”

“짜고, 질렸고…….”

우린 인도어파란 말이지. 한 시간이나 바깥에서 있다 보면 그야 질릴 만도 하잖아.

“잠깐 잠깐, 너희들. 바닷가 가게에서 야키소바를 먹는다는 퀘스트가 아직 남아 있다.”

“아아, 나도 빙수는 먹고 싶네.”

“점심도 좋지만! 그게 아니라! 정말!”

우냐아아아아아아. 고양이공주 씨가 발을 동동 굴렀다.

"뭘 하고 싶은 걸까, 고양이공주 선생님."

"글쎄……?"

솔직히 조금 안타까웠다.

"그럼 식후에 수박 깨기를 하겠다~."

"이예~이!"

마스터가 들고 온 수박을 비닐 시트에 놓았다.

방망이를 들고 나오면 이걸로 준비는 완료다.

"깨고 싶은 사람, 거수!"

"……."

"……."

전원이 슬쩍 시선을 돌렸다.

"그럼 주위에서 멋대로 말을 걸고 싶은 사람, 거수!"

"나, 나, 나!"

"저도 그게 좋아요!"

"에에잇 이 들러리 좋아하는 것들! 좋다, 내가 하마!"

"마스터 멋져!"

"역시 대단해요!"

마스터가 박수갈채를 받으면서 눈가리개를 꽉 펼쳐서 확실히 눈에 덮어 묶었다.

"과금을 하면 눈가리개 너머로 흐릿하게 비쳐 보이지 않을까."

"그런 건 치트라고 하는 거야."

뭔가 또 이상한 소리를 하고 있는네, 이 사람.

"나 참, 겨우 모두 함께 같은 걸 하기 시작했네."

"질리면 또 따로 행동할 거라 생각하는데요."

"너희들은……."

고양이공주 씨는 아직 우리의 행동 원리를 납득하지 못한 모양이다.

"……그러고 보니."

갑자기 문득 떠오른 게 있는지 나와 아코를 봤다.

"그래도 니시무라 군과 타마키는 대체로 함께 있네."

마스터에게 방망이를 건네준 아코가 빙글 우리 쪽으로 고개를 돌렸다.

"부부니까요!"

자신만만한 말이었다.

아코에게는 그런 거겠지.

"……뭐, 이런 녀석이 결혼 시스템 같은 걸 쓰는 거겠죠."

"나랑 루시안은 언제나 함께 있다는 느낌은 아니었다냐."

"말하지 말아주세요."

남의 마음의 상처를 후벼 파다니.

"그럼 회전 스타트!"

"그어어어어어, 화면이 흔들린다!"

화면이 뭐야 화면이!

그건 단순히 어지러울 뿐이라고!

"이펙트를 오프로 하면 나을 거예요!"

"어떻게 하면 오프가 되는 거냐?!"

"안 된다고!"

그런 소리를 하면서도 마스터는 비틀비틀 수박 쪽으로 다가갔다.

아, 조금 방향이 틀어졌다.

"조금 더 왼쪽이야~."

"이쪽인가."

"너무 갔어, 살짝 오른쪽."

"으으."

슬금슬금 방향을 조정해나간다.

"왼쪽이야 왼쪽.

"오른쪽이라니까."

"조금 더 위 아닐까요."

"왼쪽, 오른쪽…… 위, 위라고? 그건 어느 쪽이냐?"

혼란스러워하는 마스터가 조금 귀엽다.

왠지 다들 분위기를 타기 시작했다.

"위위, 그리고 아래, 아래예요!"

"그리고 왼쪽, 오른쪽, 왼쪽, 오른쪽이야!"

"거기서 B, A야!"

"B는 대체 어디냐?! A는 어느 방향이냐?!"

대혼란에 빠진 마스터. 무적 커맨드는 통하지 않았던 모양이다.

그래도 어떻게든 수박 쪽으로 향하기는 하는 것이 대단했다.

"그러고 보니, 저기 니시무라."

"응?"

다가온 세가와가 귓가에 속삭였다.

"평범하게 놀고 있는데, 너 언제 아코한테 고백할 거야?"

"…………앗."

직후, 수박이 콰직 하고 깨지는 소리가 들렸다.

세가와가 허둥지둥 달려갔다.

"잠깐 마스터, 처음 하는 사람이 전력으로 깨면 어쩔 거야?"

"괜찮다. 인원수만큼 준비해뒀다!"

"다 못 먹어!"

그러고 보니, 언제 말하지…….

"비치발리볼을 하자!"

수박을 먹는 건 나중으로 하자는 의견의 일치를 봤을 때, 사이토 선생님이 비치볼을 들고 왔다.

뭘 어쩌고 싶은 건지 쓸데없이 기운이 넘친다.

"하자고 하셔도."

"하고 싶으면 하시죠?"

"그게 아니잖니! 너희가 하는 거야!"

에에에에에, 하는 볼멘소리가 나왔다.

"낮부터는 모래사장에서 샌드 아트를 할 생각이었습니다만."

"저는 빙수를 먹으면서 그걸 바라볼 예정이었는데요."

"저는 아코를 모래사장에 묻어버릴 예정이고."

"저는 루시안에게 묻힐 예정이에요."

"그러니까 왜 다들 하는 게 따로따로니! 자!"

휙 날아온 공을 무심코 받았다. 어디서 빌려온 건지 꽤나 제대로 된 비치발리볼용 공이다.

"자, 여기가 라인이야. 2대 2로 갈라지렴."

"허어……."

여차저차해서 나와 아코, 세가와와 마스터로 갈라졌다.

"근데 배구는 모래사장에선 하기 어렵지 않아?"

"움직이기 어려우니까요."

"비치발리볼은 그런 거야! 그럼 선생님이 심판을 볼 테니까!"

왜 저리 필사적인 걸까, 고양이공주 씨. 자 해라, 어서 하라며 우리를 재촉한다.

별수 없으니까 서브만이라도 해볼까.

"간다~."

통 하고 아래에서 올려쳤을 뿐인 공이— 엉뚱한 방향으로 날아갔다.

"어라?"

"엉터리네~."

웃으며 가지러 간 세가와가 똑같은 서브 포즈를 취했다.

"이 몸에게 맡기라고…… 영차."

이쪽도 통 하는 둔한 소리를 내며 비실비실 날아갔다.

그대로 대각선으로 날아가서는 자기 코트 안에 떨어져버린다.

"어라? 이상하네?"

"핫."

대신 서브를 맡은 마스터가 깔끔하게 공을 날려서—.

"꺄웃."

날아온 공을 아코가 옆으로 튕겨버렸다.

으~음. 이런 건가?

"생각보다 어렵네."

"랠리가 이어지질 않는데."

"우우우우."

아코도 울상을 짓고 있고, 이건 악평인 모양이었다.

"흠, 그럼 이건 그만둘까."

길드 마스터로서 마스터가 판단을 내렸다.

그랬, 지만.

"그만두면 안 된다냐아아아아아아!"

"서, 선생님?!"

고양이공주 씨가 울었다!

눈물을 쏟았다!

"대체 왜 그러세요, 고양이공주 씨?!"

"그치만! 조금 해봤다고 바로 그만둬서는 아무런 진보가 없다냐!! 해보는 거다냐! 하면 된다냐! 어째서, 있는 힘껏 해보지 않는 거냐아아아아!"

"그렇게 말씀하셔도, 선생님. 온라인 게임을 고를 때의 요령은 조금 해보고 맞지 않으면 당장 그만두고 다른 걸로 넘어가는 거고—."

"현실과 게임은 다르다냐아아아!"

내, 내 대사를 뺏겼다!

"됐으니까 하렴! 당장 해! 고문으로서 내리는 명령이다냐!"

"꽤나 난폭하네."

세가와가 떼쟁이라도 보는 듯한, 그런 어이없다는 표정을 지었다.

"명령 같은 건 평소에 안 하시니까, 조금만 더 어울려주자. 자, 아코."

나는 어느 쪽이냐 하면 고양이공주 씨에게 동정심이 들었기 때문에 공을 주워서 아코에게 건넸다.

“그럼…… 에잇!”

아코가 날린 공은 바람을 맞고 우리 코트로 돌아오고 말았다.

“으랏!

“이야아아아아앗.”

세가와의 서브를 손목으로 받아냈다. 위치가 어긋난 탓에 어중간하게 떠오른 공이 상대 코트로 넘어가버렸다.

“거기다! 받아가마!”

깔끔하게 뛰어오른 마스터의 스매시가 아코의 발밑에서 튕겼다.

“못 받아요오오.”

아코가 우는소리를 했다. 그건 나라도 무리야.

삐익 하고 호루라기 소리가 났다.

“고쇼인, 세가와 팀의 승리!”

“음.”

“호호호호호.”

의기양양한 표정의 마스터와, 어째서인지 크게 웃어넘기는 세가와. 잘난 척하기는.

“우우우. 어째서죠. 이 쓸데없는 패배감.”

“어설프게나마 노력을 해서 그런지 분하네.”

모래사장이라 움직이기 어려워서 그런지, 다들 실력에 그

다지 큰 차이가 없어서 마지막에도 고작 3점 차 정도였는데 말이지.

"제 AGI가 조금 더 높았다면 승리할 수 있는 이벤트였다고 생각해요."

"나도 조금만 더 DEX가 있었다면."

"이 이벤트 전으로 시간을 돌리는 모래시계는 300엔이다. 자, 과금해라."

"안 해!"

스테이터스 올 A 같은 건 바라지도 않아!

그보다 한 번 더 할 체력도 남아 있지 않다고!

몸이 기분 좋은 피로감과 탈력감에 휩싸였다.

"하지만 해보니 의외로 즐겁긴 하네."

"음. 뜨거운 싸움이었다."

"그렇지? 모르는 법이지?"

선생님이 싱글벙글 웃었다.

손이 가는 문제아들이 겨우 알아주었다. 그런 달성감 넘치는 미소였다.

"그러네요. 그만 집중해버렸네요. 근데……다리, 아파……."

"저도 온몸이 아파요……."

아코도 허리를 누르며 신음하고 있었다. 평소 쓰지 않는 근육을 써서 그런지 온몸 여기저기가 삐걱삐걱 울리고 있다. 운동 부족이려나.

"정말 지치네."

"좋은 운동이 되었군."

고개를 흔들며 비치파라솔 아래로 이동했다.

그리고 모두 함께 주저앉았다.

"후우……."

"짬 날 때마다 쉬는 건 그만두렴."

휴식을 취하기 시작한 우리를 보고 고양이공주 씨가 화를 냈다.

어째서인가요. 스포츠 근성물인가요. 운동 중에 수분을 섭취하면 안 된다는 뭐 그런 건가요.

우리는 그런 거 싫다고요.

"그렇게 말씀하셔도."

"지쳤다고요."

"덥고요."

우우우우, 다시 고양이공주 씨가 울상을 지었다.

"그리고 또!"

그러더니 척 우리를 가리켰다.

"한 손으로 휴대 전화 찾는 건 그만두렴!"

"앗."

그 말을 듣고 깨달았다. 저도 모르게 오른손이 휴대 전화를 찾고 있었다.

별장에 두고 왔는데도 완전히 무의식이었다.

"그 말이 맞다, 너희들. 인터넷 금지라고 했잖나."

"왠지 저기, 버릇으로 휴대 전화를 찾고 마네요."

"휴, 휴대 전화 의존증……."

고양이공주 씨가 심각한 표정으로 말했다.

아, 아뇨, 걱정하실 정도는 아닌데요?!

"괜찮아요, 괜찮다고요!"

"맞아요. 그렇게까지 심각하진 않아요! 그저 한 시간에 한 번 전용 브라우저를 켜지 않으면 손이 떨릴 뿐이고……."

"의존증이야!"

그건 의존증일지도 몰라, 아코!

그러나 말은 그렇게 해도 나 역시 휴대 전화가 없으면 진정이 되지 않는 게 사실.

"확실히 나도 정기적으로 휴대 전화를 보지 않으면 불안해지긴 하네."

"나도 가끔 정리 블로그 같은 걸 보지 않으면 진정이 안 돼."

"어피 블로그[#9] 같은 걸 보는 건가요! 유죄예요!"

아코가 이상한 곳에서 화를 냈다!

"딱히 상관없잖아. 내가 손해 보는 것도 아니고."

"타인이 이득을 보는 건 마음에 들지 않잖아요."

#9 어피 블로그 각종 거대 사이트의 글을 주제에 맞게 정리해서 보여주는 정리 블로그 중에서 제휴 광고를 잔뜩 달아 광고 수익을 얻는 블로그.

"모르는 바는 아니지만……."

아코에게는 제휴 광고로 수익을 얻는 행위를 용납하지 못하는 뭔가가 있는 모양이다.

"게다가 굉장히 기합을 넣어 쓴 제 스레드를 어째서인지 가져가지 않고! 커다란 빨간 문자로 쓰란 말이에요. 빨간 문자로!"

"그냥 생트집이잖아!"

"사적인 원한이네."

그냥 100퍼센트 순수한 질투였다.

하지만 아코의 센스로는 어쩔 수 없는 부분이라는 느낌도 들었다.

"저기, 루시안은 어피 반대파죠?"

아코가 매달리듯이 물어봤지만 나는 고개를 내저었다. 아니. 나는 어피 부정파 같은 게 아니야.

"아니. 나는 내 마우스 조작으로 제휴 광고 사이트 링크를 전부 피해서 사이트를 이용하는 데 쾌감을 느끼는 타입."

"너답네."

편리한 사이트라서 쓰지만, 광고는 밟지 않는다. 이런 나를 밟게 만든다면 기꺼이 그 광고를 봐주마.

"참고로 마스터는?"

"애드블록이라는 애드온이 있어서 말이다."

"실리주의였어!"

"그, 그건 제쳐놓고!"

선생님이 느긋하게 대화를 나누는 우리를 보고는 양손을 쥐며 호소했다.

"다 함께 스포츠를 해보고 알았잖니? 모두 함께 노는 것도 즐겁지?"

"그러네요."

그건 틀림없다. 다들 고개를 끄덕이며 수긍했다.

스포츠는 그다지 좋아하지 않지만 마음이 맞는 녀석들과 적당히 즐기는 건 그렇게 나쁘지 않구나, 정도로는 생각할 수 있을 것 같았다.

아, 운동부 녀석이 섞인 순간부터는 다른 게임이 되니까 그건 감안해주십시오.

"그런고로…… 예정대로, 샌드 아트를 할까."

"좋~았어. 아코를 묻어버린 뒤에 놔두고 돌아갈까."

"나올 수 있을 정도로만 묻어주세요."

"그럼 빙수 사 올게."

"전! 혀! 모르고 있다냐아아아아."

고양이공주 씨가 풀썩 무너지고 말았다.

"선생님 앞으로 해나갈 자신이 없어졌다냐……."

"거, 거기까지인가요."

우리의 마이페이스가 한 사람의 인생을 일그러뜨리고 말았다.

“어쩔 수 없네. 그럼 나도 묻혀볼까.”

“그럼 내가 묻어주기로 하지. 자, 슈바인. 거기 누워라.”

“슈바인이라고 하지 마.”

말은 그렇게 하면서도 세가와는 모래사장에 누웠다.

“자, 모래 뿌린다.”

“예~입.”

“샌드맨으로 만들죠. 샌드맨으로!”

“몬스터는 그만둬.”

전원이 함께 모래를 한가득 모았다.

그리고 마스터가 그 모래를 모아서 척척 형태를 만들어 나갔다.

“어떠냐. 리얼 슈바인이다.”

“우왓. 엄청난 근육이네.”

“잠깐, 머리 아래에 남자 몸을 만드는 건 그만둬 줄래?!”

그건 그렇고 좁쌀만 한 세가와의 얼굴에 듬직한 남자의 몸이 엄청나게 미스매치라, 이것 참 아까워서 부수기 싫었다.

“좋아. 언제나 들고 있는 대검을 만들자.”

“근육은 식스팩으로 만들어도 되나요?”

“너희들 날 가지고 노는 건 그만…… 잠깐, 이 모래 너무 무겁지 않아?! 못 나오겠는데?!”

“뭐, 이걸로 괜찮으려나야.”

고양이공주 씨가 크게 한숨을 내쉬었다.

수평선 너머로 해가 저문다. 우리의 바다가 끝났다.

"결국, 해냈네……."

의미가 없어진 비치파라솔 아래에서 지친 몸으로 주저앉았다.

"이제 바나나 보트는 못 타요……."

나와 등을 맞대고 주저앉은 아코가 추욱 늘어졌다.

"바나나 보트에서 세 번이나 떨어지더라. 아코."

"그건 떨어졌다기보다는 튕겨나간 거랄까……."

한 번 하늘을 날았다가 머리부터 떨어졌으니 말이지.

"루시안이 도와주지 않았다면 죽었을 거예요."

"아코 너, 엎어진 채로 떠 있었으니까……."

고백하기 전에 죽으면 곤란하잖아.

고백하기 전에.

고……백……?

"아, 어쩌지."

"네?"

저무는 저녁놀. 바다 소리. 바다 냄새.

등을 맞대고 앉은 나와 아코. 분위기만 보면 결코 나쁘지 않다.

하지만.

"그런고로 사이토 교사. 슬슬 별장으로 돌아갈까요."

"나 슬슬 LINE에 대답을 남기지 않으면 위험한데."

"인터넷 하고 싶어요오."

"원래는 아직 돌아가기 싫다고 떼를 써야 하는 거 아니니……?"

모두 심할 정도로 늘어진 분위기였고, 가장 지친 모습을 보이는 건 선생님이라는 이 상황. 이거 절대로 고백할 분위기가 아니잖아.

대체 어쩌지. 어떻게든 하지 않으면 안 되는데.

고민하면서 별장으로 돌아왔지만 좋은 생각은 떠오르지 않았다.

"아~ 지쳤다. 빨리 갈아입고 싶어."

"휴대 전화 아직 만지면 안 되나요?"

수영복 차림 그대로 의자에 앉은 여성진에게서 조금 떨어진 곳에 나도 앉았다.

바로 옆에 수영복 차림의 여자아이가 있고, 거실 끝에 있는 가방에서는 어째서인지 벗은 사복이 보인다. 마치 여자 탈의실에 숨어들어온 것 같은 이상한 느낌이 들었다.

"욕실은 하나밖에 없다. 바깥에서 모래만은 씻어뒀으니 교대로 샤워를 하기로 하자."

"그럼 니시무라가 처음이네."

자, 라며 욕실 쪽을 가리킨다. 다들 딱히 이의가 없다는 듯이 나를 봤다.

왜 나부터인데. 나 같은 건 마지막이어도 되잖아.

"나는 딱히 마지막이라도 상관없는데?"

따, 딱히 너희들의 남은 목욕물을 어쩌고 싶은 게 아니라, 레이디 퍼스트란 말이지?

배려하는 뜻으로 말했지만 세가와는 묘하게 게슴츠레한 시선으로 나를 노려봤다.

"일단 물어보겠는데, 하루 종일 계속 땡볕에 있던 머리랑 자외선을 실컷 맞은 전신의 케어, 대체 얼마나 시간이 걸릴 것 같아?"

"옙. 먼저 실례하겠습니다~."

여자 진짜 쩐다. 케어가 뭐야 케어가.

"저기, 저는 언제나 10분 정도로 목욕을 끝내는데요."

"너 지금 장난해?"

세가와가 싱긋, 하지만 핏대를 세우며 웃었다.

"좋~아, 아코. 여자끼리 같이 들어갈까? 이번 기회에 기초 중의 기초만이라도 새겨 넣어줄 테니까."

"슈가 우리 반 애들 같은 소리를!"

"그건 너희 반 애들이 올바른 거야! 그 긴 머리를 갖고 10분 만에 끝낼 수 있을 리가 없잖아!"

난 몰라, 난 몰라.

재빨리 갈아입을 옷을 챙기고 욕실로 들어갔다.

조금 끈적해진 몸에 힘차게 뜨거운 물을 끼얹었다.

"아야아아아아앗."

피부가 따끔거려! 욱신욱신해! 아파!

선크림을 발랐는데도 이런데 만약 아무것도 바르지 않았다면 대체 난 어떻게 됐을까.

"그 녀석들에게 감사해야 하나……."

조금 차갑게 한 샤워물을 천천히 뿌렸다.

아— 머리가 차가워진다.

"하아…… 진정되네."

뭐랄까, 역시 혼자 있는 게 진정이 된다는 느낌이다.

아니 아니, 그 녀석들과 함께 있으면 즐겁고, 딱히 괴로운 건 아니지만 말이지.

단지, 역시 혼자가 제일 편한 것 같아.

"……사회 부적합 같네."

역시나 막장 인간 같은 자신에게 무심코 한숨이 나왔다.

하지만 아코는 다르단 말이지.

아코만은 아무리 함께 있어도 지치지 않을 것 같다.

어떤 모습을 보여도, 그 녀석은 분명 곁에 있어줄 것 같다.

그렇게 생각했으니까 좀 더 가까워지고 싶다고 생각하는 거고…….

"루시아~안."

"오~."

그렇게 생각했으니까 좀 더 가까워지고 싶다고 생각하는

거고…….

"들어갈게요~."

"오……어어?!"

문이 열렸다! 위험해에에에에!

힘차게 열린 욕실 문을 정말로 아슬아슬하게, 위험해지기 전에 막았다.

"루~시~아~안~."

우왓, 틈에 아코의 팔이 껴서 닫을 수가 없잖아! 이게 무슨 호러 영화냐!

게다가 반대편에서는 몸에 타월을 두른 아코가 나를 노려보고 있고!

"왜 닫는 건가요오오오."

"왜 들어오려는 건데 너느으으은."

이야기가 엄청나게 심한 평행선이잖아!

"부부니까 함께 목욕하는 건 당연한 거잖아요?!"

"현실과 게임은 다르다고!"

이런 짓을 하고 싶으면 현실에서 나랑 사귀어줘도 되잖아 이 벽창호야!

아니 나냐?! 내가 벽창호인 거냐?!

내가 누르고 있는 문 틈새를 뚫고 들어오려는 아코는 타월을 두르고 있어서, 조금 전까지 입었던 수영복보다 훨씬 노출도가 낮다.

하지만 그 속에 아무것도 입지 않았다고 생각하니 왠지 위험하게 보인단 말이지.

게다가 아코도 새빨간 얼굴을 하고 있어서 더더욱—.

아니, 새빨개?

그야 부끄러울지도 모르지만 한 번은 봤었고, 수영복보다는 낫고, 그렇게 흥분한 것처럼 새빨개지는 건 이상하잖아. 딱히 알몸이 된 것도 아니니까—.

아.

아코가 아니라 내가 알몸이구나.

화악, 내 얼굴도 아마 빨갛게 물들었을 거다.

"너, 너, 아코, 봐, 봤냐?"

"무슨소리신가요?"

"완전 국어책 읽기네 너!"

뻔뻔스럽기 그지없구만!

"무슨 소리가 아니야 이 엿보기꾼 녀석! 잊어버려! 기억에서 지워!"

"괜찮아요. 잠깐만이고 거의 못 봤으니까, 오히려 살짝 제대로 확인해둬야죠!"

"억지로 얼굴을 들이밀지 마!"

우와아아아아아, 아코가, 아코가 욕실을 들여다본다!

"사, 살려줘!"

저도 모르게 외쳤다.

이제 누구라도 좋으니까, 누구라도 좋으니까 살려줘!

그러자, 두두두두두 하고 집단으로 달려오는 소리가 들려온다.

“너 뭐 하는 거야아아아아.”

“햐우우우욱?!”

누군가가 잡아챘는지 아코의 얼굴이 사라졌다.

비통한 외침이 욕실 속에서 메아리쳤다.

“고양이공주 선생님, 패스!”

“이야아아아압.”

그리고 콰앙 하는 무거운 소리가 들리고, 모든 반응이 사라졌다.

“……저기.”

반대로 아코가 무사한지 걱정됐다.

인마, 그만두라고. 같은 정도로 막아주면 그걸로 괜찮지 않았어?

“니시무라 군하고 사이좋게 지내는 건 좋지만, 때와 장소를 생각하렴! 내가 감시하는 동안 문란한 사건이 일어나면 큰 문제가 되잖니! 자기 집에서 하도록 해, 자기 집에서!”

안 한다고요.

아코네 집에서도 안 해요.

“그럼 루시안, 아코는 끌고 갈 테니 천천히 하도록.”

“아니 바로 나올게. 괜찮아.”

시간이 흐르면 무슨 일이 일어날지 모른다.

쓱싹쓱싹 씻으면 피부가 아프지만 빨리 끝내자.

"나왔어……오우."

욕실을 나온 나를 원망스러운 표정의 아코가 맞이했다.

"우우…… 루시안과 목욕……."

"자자, 가자 아코."

"무시당하고 있어요~."

내 신부는 질질 끌려갔다.

왠지 조금 커다란 혹 같은 게 나 있었는데 기분 탓이지?

"루시안, 잠깐 괜찮나."

"응?"

그때 창밖의 발코니 쪽에서 소리가 들렸다.

불려서 나가보자 수영복 위에 파카를 걸친 마스터와 선생님이 무슨 일인지 고개를 갸웃하고 있었다.

"숯을 태우려고 하는데, 이래도 괜찮은지 확인을 할 수 없어서 말이다."

"선생님은 이게 아니라고 생각하는데."

마스터는 쓸데없이 커다란 버너 같은 걸로 숯을 태우고 있었다.

"뭐 하는 건가요."

"비비큐의 준비다. 식재료는 전부 구입했지만 마침 도구를 쓰는 법을 모른다는 문제를 깨달아서 말이지. 어떻게든 숯에 불을 붙이려고 하고 있다만."

"숯은 어떻게 쓰는 건데?"

"모르겠다만, 역시 기본은 화력이 아닐까. 평소에는 라이터 같은 걸로 붙일 거라 여겨지는 이상, 이 과금 아이템인 고화력 가스버너라면 문제없을 거다."

LA가 아니니까 화력으로 밀어붙인다고 어떻게든 해결할 수 있는 게 아닐 텐데.

"숯은 뭐랄까, 원적외선 같은 걸로 태우는 거잖아. 딱히 활활 태울 필요는 없지 않을까?"

"그러면 어느 타이밍에 불이 붙을까?"

"글쎄……? 고양이공주 씨는 이런 거 모르시나요?"

"전혀 모른다냐— 가 아니라, 전혀 몰라."

요즘은 선생님도 분위기를 잘 탄다.

하지만 셋이나 모였는데 전혀 지혜가 솟아오르지 않는다. 버너로 달궈진 숯이 한층 검어질 뿐이다.

"아, 이럴 때야말로 인터넷을 쓰자. 구글링하면 알 수 있어."

"안 된다! 이 합숙은 인터넷 금지란 말이다! 자아, 불을 붙이자! 과금은 무적이다!"

"그런 되지도 않는 짓을……."

전혀 모르는 걸 어떻게든 즉흥적으로 하려고 하면 반드

시 실패할 텐데.

그렇게 분투하기를 잠시.

"붙었다! 붙었어!"

"타닥타닥 소리가 나네! 숯이야! 숯이란 느낌이야!"

"……너희들 뭐 해?"

아코와 세가와가 욕실에서 나올 무렵에 드디어 숯에 불이 붙었다.

작은 숯에서 시작해서 조금씩 커다란 숯으로 불이 확대됐고…… 이제 두 번 다시 하고 싶지 않아.

"우우…… 목욕만 했는데도 어질어질해요."

"그러냐. 나도 어질어질해."

아코와 둘이서 어깨를 떨궜다.

지쳤어. 정말로.

"비비큐는 이 정도로 큰일이었단 말인가. 세상의 리얼충들은 잘도 이런 이벤트를 즐기는군."

"사전에 제대로 준비해두면 이렇게까지 큰일은 아니라고 생각하는데."

완전히 지친 우리를 곁눈질하며 세가와가 즐거운 듯이 숯을 바라봤다.

"오, 바비~ 란 느낌이네."

줄이지 마. 왠지 짜증 나니까.

"벌써 준비 다 됐어? 나머지는 먹을 뿐?"

"음. 식재료는 산더미처럼 구입해놨다. 고기나 채소는 물론이거니와 새우나 오징어 같은 어페류까지 갖춰놨지. 화려한 비비큐가 될 거다."

아, 나도 배가 고파졌다.

마스터와 선생님이 땀 흘리며 만든 바비큐인가. 빨리 먹고 싶다.

"저기~."

그때 아코가 슬그머니 불안한 얼굴로 손을 들었다.

"그 식재료는 어떤 상태인가요?"

"상태?"

평소였다면 논리 정연하게 대답했을 마스터가 의아한 듯 말을 되풀이했다.

나조차도 뭔가 위험하다고 생각되는 분위기여서 불안감이 늘어난 모양인지, 아코가 실룩실룩 경련하면서도 웃으며 되물었다.

"고기라든가, 채소라든가, 새우라든가, 이미 잘라서 처리한 건가요?"

"…………."

"마스터?"

아코의 미소가 한층 흐려졌다.

마스터는 매우 말하기 어려운 듯이 중얼거렸다.

"냉장고에 들어 있다만…… 그게, 사 온 그대로다."

“…………”

아코는 모든 것을 포기한 듯이 부드럽게 웃었다.

“마스터. 먹을 건 말이죠, 사 온 그대로면 먹을 수 없거든요?”

“…………”

“애초에 밥은 지으셨나요?”

“……………………”

“밥을 지으려면 얼마나 걸리는지 아시나요?”

식은땀이 주르륵 흐르는 것이 보였다.

마스터는 한동안 경직 상태였다가 빙글 우리에게서 등을 돌렸다.

“그, 그럼 나는 샤워를 하고 오마.”

“시, 시간도 없고, 선생님도 같이 갈까~.”

도, 도망쳤다! 둘 다 도망쳤어!

“어쩔까…….”

“일단 보고 올게요…….”

아코는 풀썩 어깨를 떨구면서 주방으로 향했다.

“저, 정말로 그대로예요!”

그리고 몇 초 후, 아코의 비명이 들렸다.

“어, 어떻게든 될 것 같아?”

“되기는 하지만, 시간이 좀…… 식칼 있고, 도마 있고, 채소깎이 없고…… 랩도 없고…….”

아코가 주방을 이리저리 뒤적였다.

이게 뭐지. 아코가 빠릿빠릿하게 일하고 있잖아. 제대로 된 이유로 아코가 믿음직스러워.

“일단 서둘러야 하니까 잠시만 기다려주세요.”

“저기, 아코, 내가 도와줄 거 있어?”

세가와가 조심조심 주방을 들여다봤지만 아코는 돌아보지도 않고 말했다.

“죄송해요. 그럴 시간이 없어서.”

“아코한테 무시당했어! 빙 둘러서 네가 있으면 방해라는 말을 들었어!”

“실제로 못하니까 어쩔 수 없잖아…….”

시무룩해져서 발코니로 돌아온 세가와는 막 목욕한 몸으로 주저앉아서 무릎을 끌어안았다.

“평소랑은 반대인걸…… 퀘스트 도중에 중요한 아이템을 잊어버린 아코한테 『됐으니까 거기서 기다려.』라고 말할 때, 그런 텐션이었어…….”

“이런 곳에서 진짜 여자력을 알 수 있다고요~.”

멀리서 들려오는, 조금 자랑스러워하는 아코의 목소리에 세가와의 어깨가 한층 내려갔다.

“머리카락을 비누로 감던 애한테 여자력으로 지다니…… 난 대체 뭐야…….”

꽤나 쇼크가 큰 모양이다.

이런, 시간이 걸린다면 나도 숯을 추가해서 불을 유지해야지.

아아, 정말 귀찮네. 그냥 전자레인지로 띵 하고 때우는 게 낫지 않을까?

인도어파밖에 없는 우리의 아웃도어는 시작하기 전부터 위태로웠다.

††† ††† †††

대소동 끝에 BBQ는 아마 성공했다……고 생각한다.

맛있었고. 분위기도 나름 괜찮았다.

하지만.

"지쳤어요~."

"그러네……."

나와 아코는 한밤의 바닷가에 나란히 앉아서 크게 한숨을 내쉬었다.

아침 일찍부터 모여서 하루 종일 돌아다니며 놀고, 밤까지 계속 기운차게 보내다니 나는 도저히 무리다. 이미 한계를 돌파했다.

"리얼충은 어째서 그렇게 체력이 강한 거지. 전혀 모르겠어."

"이벤트는 일주일 정도로 나눠서 해줬으면 좋겠어요."

온라인 게임 이벤트 아니거든.

하지만 녹초가 된 우리와는 달리 세가와나 다른 사람들 쪽은 아직 여유가 있는 모양이다. 모래사장에서 기운차게 불꽃으로 놀고 있었다.

"오, 세가와가 불꽃을 모아서 한꺼번에 불을 붙였군."

"이 몸의 번 에지(Burn Edge)를 먹어라!"

뭔가 거창해 보이는, 조금 안쓰러운 소리를 외치고 있다.

"대검 스킬 흉내인가."

"돌리고 있네요."

색깔이 복잡하게 뒤섞여서 예쁘긴 하지만, 저거 위험하지 않나.

"거기서어어어어어어."

"아, 고양이공주 씨에게 잡혔다."

"다리를 붙잡혔네요."

고양이공주 씨는 강탈한 불꽃을 양동이에 쑤셔 넣고는 모래사장에 쓰러진 세가와의 다리를 붙잡았다.

"으으으랴아아아아."

"빙글빙글 돌리고 있네요."

"자이언트 스윙이네……."

조그맣고 가벼우니까 참 잘도 돈다.

아름답게 돌던 세가와는 화려하게 공중을 날았다.

"싫어어어어어에윽!"

"지도 완료!"

힘차게 모래 속에 처박힌 세가와가 KO당하고, 고양이공주 씨는 어째서인지 승리의 포즈를 취했다.

저래도 되는 건가. 고문 교사.

"저는 쉬고 있을 테니까 루시안도 가서 노는 게 어때요?"

"나도 여기 있을래."

아코 옆이 좋거든.

조금 서늘해진 밤공기에 아코의 따스함이 스며들듯이 전해져 온다.

올려다보면 별이 가득한 밤하늘. 멀리서 들려오는 파도소리.

"살짝 만져보면 별이 떨어질 것 같은 밤하늘이네."

"마스터의 스킬로 말인가요?"

"미티어 스트라이크는 그만둬."

분위고 뭐고 하나도 없잖아. 크레이터가 생기고 대미지가 발생할걸.

"별똥별은 조금 보고 싶지만, 게임과 달리 과금 아이템을 쓰면 떨어지는 게 아니니까요~."

"돈을 내면 볼 수 있는 별동별에 분위기 같은 건 없어."

인간의 힘으로 어떻게 할 수 없으니까 감동하는 거야.

스스로 어떻게든 할 수 없는 거니까 기쁜 거라고.

"준비가 끝났군! 잘 봐라, 나의 불꽃 키트!"

그때, 그런 소리가 들렸다. 마스터가 만지작거리던 발사형 불꽃에 불이 붙는다.

끝에서부터 순서대로 펑 하고 불꽃이 올라갔다.

평범한 발사형 불꽃보다 훨씬 낮은 하늘에 불의 꽃이 피었다.

화려함은 부족하지만 거리가 가까운 만큼 선명하게 눈에 비친다.

"시판되는 물건도 의외로 괜찮네."

"후와아……."

아코는 올라간 불꽃에 눈을 빛낸 뒤에 툭 중얼거렸다.

"비거리 몇 미터, 같은 건 표시되지 않네요."

"게임이 아니니까."

그런 불꽃놀이 이벤트야 있긴 했지만.

퍼엉, 퍼엉 하고 불꽃이 연속해서 올라갔다.

떨어지는 불에 비친 아코의 얼굴이 갖가지 색으로 빛났다.

어딘가 아련한 시선으로 하늘을 올려다보는 그녀의 표정에, 불꽃 이상으로 시선이 끌렸다.

"…………."

"…………?"

빨려 들어가듯이 빤히 바라보자, 또르륵 하고 아코의 눈동자에서 뺨으로 물방울이 한 줄기 흘렀다.

……아코, 울고 있어?

"잠깐, 왜 그래 아코?!"

"어, 어라?"

듣고 나서 처음 깨달은 건지, 아코는 매우 놀라며 눈물을 닦았다.

스스로도 잘 모르는 모양인지 꽤나 당황하고 있었다.

"왠지, 그게, 아마, 기뻐서?"

"왜 의문형인데."

"그게…… 이런 식으로 보내는 날은, 제게는 절대로 오지 않을 거라 생각했어요. 그래서 거짓말 같고, 기쁘고, 하지만 왠지 슬픈 기분도 들어서……."

"아코……."

그 말대로, 아코의 목소리에는 기쁨과 슬픔이 뒤섞여 있는 것처럼 들렸다.

"죄송해요. 울 생각은 없었어요."

스윽 눈물을 닦는 아코에게 손수건을 건네주려고 주머니를 뒤졌지만 꼭 이럴 때에 한해 갖고 있지 않았다. 아아 정말, 난 언제나 이렇다니까.

"저기…… 고맙습니다."

"왜 고마워하는데."

"그치만."

아코는 내 팔을 꼬옥 잡았다.

약간 떨리는 손끝으로 살짝 손을 잡는다. 내 손도 떨리지 않나 조금 불안했다.

"루시안이 없었다면 분명 이런 곳에는 올 수 없었을 거예요."

"그런 과대평가를…… 아니, 그렇지도 않나."

불꽃을 올려다보며 소란을 피우는 마스터나 다른 사람들을 보고 생각했다.

"나도 아코가 없었다면 이런 곳에는 없었을 테니까."

"루시안은 그렇지 않아요."

"그럴걸. 아코가 없었다면 슈바인과 마스터를 현실에서 만나더라도 이런 식으로 친해지진 못했을 거야."

좋든 나쁘든 성가신 일만 일으키는 아코가 있었기에 이렇게 된 것이다.

"그럼 우리는 함께 있어서 잘된 거네요."

"……그러네."

몸속에서 울리는 듯한 큰 소리와 함께 한층 커다란 불꽃이 올라갔다.

아직 눈물을 글썽이는 아코의 눈동자가 빛을 받으며 반짝인다.

지금이려나. 지극히 자연스럽게 그런 생각이 들었다.

이걸로 안 되면 전부 포기할 수 있다.

"……아코."

"네?"

내 팔을 잡고 있던 아코의 손을 천천히 떼고, 양손으로 잡았다.

부드럽고, 따스하고, 작다.

"나는, 아코를…… 저기……."

힘껏 숨을 들이쉬었다.

싫어요, 라는 말을 들었을 때 봤던 아코의 얼굴이 뇌리를 스쳤다.

하지만 그걸 지워버린 건, 지금 이 순간 나를 바라보는 아코의 다정한 얼굴이었다.

"좋아, 해."

스스로 생각해도 한심할 정도로 간단한 말이었다.

하지만 달리 말할 게 없잖아. 달리 전할 게 없단 말이야.

"아……."

아코는 조금 놀란 듯했지만, 그때처럼 곤란한 표정은 짓지 않았다.

기쁜 듯이, 조금 겸연쩍은 미소를 지으며 내 손을 꼬옥 마주 잡았다.

그날과는 모두 정반대였다.

지금은 아코의 대답을 듣고 싶어서 견딜 수가 없었다.

"저도—."

아코는 잠깐 뜸을 들인 뒤, 정말 꽃이 피어나듯이 말했다.

"저도, 정말 좋아해요. 루시안."

사르르 녹아내리는 듯한, 정말로 행복으로 가득한 표정이었다.

다행이다…… 다행이야!

우와아아아, 무서웠어어어어어어!

나야말로 울음이 터져 나올 것 같아서, 일그러진 얼굴을 보이고 싶지 않아 고개를 숙였다.

"……하아아아아."

"왜 그러시나요?"

왜 그러시고 자시고.

"아니…… 왠지…… 굉장히 긴장돼서."

정말로 힘없는 내 목소리를 듣고 아코가 킥킥 웃었다.

"평소에 말해주지 않으니까, 가끔 말하려고 하니 긴장하는 거예요."

"언제나 이런 소리를 할 수 있겠냐."

"저는 언제나 말하는데요? 루시안, 사랑해요!"

"그~만~둬~."

"에헤헤헤헤."

뭐야 이 리얼충 공간.

평범하게 러브러브한 것 같다. 아니, 러브러브하다!

어떠냐, 보았느냐 리얼충들아. 내가, 나야말로 승자다.

틀림없이 지금 내가 세상에서 가장 행복한 남자다!

"우헤헤헤……."

빰이 헤실헤실하는 걸 참을 수 없었다.

스스로도 밥맛이라고 생각할 정도로 웃음이 멈추질 않는다.

헤헤, 헤헤헤헤헤.

이 귀여운 애가 제 여친이라고요. 그렇게 주변 사람들에게 자랑해주고 싶다.

"그건 그렇고, 루시안."

"으응?"

헤실헤실 웃던 나를 의아하게 바라보면서 아코가 말했다.

"갑자기 좋아한다고 하다니. 어째서인가요?"

"어째서냐고 물어도 곤란한데……."

어쩌고 자시고 고백이었는데— 그보다 분위기는 완벽했다고 생각하고, 딱히 급했던 것도 아니라고 생각한다만.

저기, 어라?

뭐지 이 느낌은.

불길한 예감이 스멀스멀 다가오는 것 같은…….

"어, 저기, 아코? 이해했어? 뭔가 오해하는 거 아니야?"

"네?"

내 손을 잡은 채로 멍하니 있다.

그 모습에 이상한 점은 없었다. 평소대로다.

하지만 평소대로인 게 오히려 무섭다.

고백을 받은 상황에서 왜 평소대로인데? 이상하지 않아?

"앗, 알았어요."

아코는 탁 손을 내리쳤다.

"루시안. 그거 본 거죠! 아내한테 『사랑한다』고 말해보는 스레드, 같은 거!"

"…………."

"저도 그런 거 좋구나~ 라고 생각했는데, 역시 들으니까 기분이 두둥실 떠오르고, 따스하고, 아아 행복하구나~ 해서…… 루시안? 왜 그러시나요?"

"하, 하하하……."

하긴 그렇지. 부부니까 좋아한다, 사랑한다 말하는 건 평범한 거지.

이제…… 전부 아무래도 좋아…….

그 자리에서 털썩 쓰러졌다.

3장 콜라보 전기

And you thought there is Never a girl online?

저녁 식사 뒷정리에 열심인 아코 — 내 고백 탓에 상당히 기분이 좋은 아코는 이것도 아내의 일이에요! 라면서 양보하지 않았다 — 를 곁눈질하고 있는데 마스터와 세가와가 다가왔다.

"일부러 둘만 있게 해줬으니까, 제대로 고백은 한 거지?"

"……일단은."

"결과는 어떤가."

으으음, 말로 하기는 어렵지만, 결과만 따지자면.

"아코는 공포의 기혼녀였어."

"미안, 의미를 모르겠어."

달리 뭐라 말할 수가 없다. 기혼녀 진짜 무서워.

일단 다행스러운 점은 있었다.

"일단 서로 좋아한다는 건 틀림없다고 생각해."

"그거 참 잘 됐군."

"반대로 말하자면, 네 희망이 전부 이루어지진 않은 거네."

시끄러. 그 타이밍에서 좋아한다고 말한 시점에서 조금 만족했다고.

"그보다 말이지. 여기까지 와서 겨우 깨달은 건데, 부부는 연인보다 랭크 하나는 위란 말이야! 내가 무슨 소리를 하든 아코는 동요하지 않는다고!"

기뻐하긴 하지만 말이지!

점점 기분이 좋아지긴 하지만 말이지!

"게다가 니시무라가 마음을 열면 열수록 아코 마음속의 망상이 굳어져가니까 더욱더 손을 쓸 수가 없어지는 거네."

그렇다니까.

내 쪽에서 좋아한다고 말한 탓인지 아코가 나와의 관계에 자신감이 생긴 느낌이 든다고.

"인터넷을 끊어도 소용없었나."

"이제 현실에서도 부부가 된 거라고 생각할지도 모르겠어."

콧노래를 흥얼거리며 식기를 닦는 아코는 매우 행복해 보였다.

옆에서 칼 같은 걸 정리하는 고양이공주 씨가 조금 의아한 표정으로 보고 있을 정도다.

"……이제 됐어."

"어, 포기할 거야?"

아니, 아니야. 그게 아니라고.

이렇게 되면 나도 발상을 바꿔보겠어.

"나만 아코의 말에 휘둘리는 건 납득이 안 가. 반대로 나도 아코의 말을 흘려버리겠어. 나와 아코는 연인입니다. 오늘 연인이 되었습니다. 불평은 듣지 않겠습니다."

"하지만 그대로 사귀었다간 머지않아 결혼하게 될걸."

"그게 있었지이이이이이."

그럴 용기는 없었다.

그보다 그건 용기라고 부를 수도 없다. 그냥 무모한 짓이다.

"……이제 좀 천천히 가자. 아코도 언젠간 알게 될 거야."

"역시 포기했잖아."

"루시안이 그렇게 말한다면 별수 없군."

마스터만 왠지 납득한 모양이었다.

"끝났어요~."

마침 아코가 돌아왔다.

어리광 부리는 강아지처럼 칭찬해달라는 바람이 얼굴에 쓰여 있었다. 별수 없으니까 순순히 칭찬해주자.

"수고했어. 고맙다."

"루시안의 아내로서 열심히 했어요."

"…………."

아코는 그렇게 말하고는 슬쩍 세가와랑 나 사이에 끼어 들어와서 앉았다.

세가와가 조금 짜증이 난 듯이 몸을 떼어놓았다. 미안하다. 내 신부가 이 모양이라.

"그럼, 슬슬 적당한 시간이 됐으니 그만 잘까?"

"어디서 자는데? 모두 함께 혼숙? 각자 개인실이라도 있어?"

"저는 루시안이랑 함께……."

"안 된단다?"

"네."

선생님에게 목을 붙잡힌 아코가 수긍했다.

"뭘 다 끝난 식으로 말하는 건가. 모든 건 지금부터다만?"

마스터가 스윽 일어서서 위엄찬 시선으로 우리를 둘러봤다.

"낮에 인터넷을 금지한 것으로 인해 우리의 온라인 게임력은 과거에 비할 바가 없을 정도로 높아졌다. 인터넷을 하고 싶다, 온라인 게임을 하고 싶다…… 그런 마음이 끓어오르지 않나?"

"그야 지금 당장 휴대 전화 쓰고는 싶지."

"온라인 게임 하고 싶어요!"

"우리에게 컴퓨터를 다오!"

"그렇지, 그렇지."

요구 사항을 외치는 우리를 향해 크게 손을 벌린 마스터는 드높이 선언했다.

"지금부터 현대통신전자 유희부의 진정한 합숙을 시작한다!"

그 말과 함께 마스터는 유희실의 문을 열었다.

간접 조명의 불빛이 켜지고, 서늘한 공기가 흘러들어온다.

그곳에는 거창한 데스크탑 컴퓨터가 다섯 대 놓여 있었다.

“지금부터가 진짜다! LA에서 난적이라 불리는 보스를 열 마리 쓰러뜨릴 때까지 끝나지 않는다! 그래. 이름하야『곯아떨어질 때까지「열」나게 합니다.』다!”

“뭐가 열이야?!”

“곯아떨어지는 게 전제냐?!”

이건 대체 뭔 이벤트야!

“잠깐 기다려, 고쇼인. 이 다섯 번째 컴퓨터는…….”

“사이토 선생님 몫입니다. 아무쪼록 감독을 해주시죠.”

“……소등 시간이야. 당장 자렴.”

“인정하지 않겠습니다.”

“너무하다냐…….”

고문보다 부장 쪽이 발언력이 높은 수수께끼의 부활동이었다.

잠깐 기다려. 온라인 게임은 하고 싶어. 그야 하고 싶지.

하지만 봐봐. 이미 꽤 늦은 시간이라고? 엄청 헤엄치고 운동하고 왕창 먹고, 그래서 지금 바로 자면 정말 기분 좋을 것 같은 타이밍이라고?

지금부터 시작할 거야? 정말로?

“쿠울…….”

"아코가 이미 잠에 빠졌어!"

"깨워라, 깨워!"

의자에 달라붙은 자세로 눈을 감은 아코를 흔들었다.

"루시안…… 이제 못 먹어요……."

"너 일어나 있지! 그런 잠꼬대를 현실에서 하는 녀석은 본 적이 없어!"

이 녀석, 잘 생각이야!

"그치만, 이제 한계라고요."

"한계야말로 이상이다! 모든 의식이 빠져나간 무의식 속에서도 완벽한 동작이 가능해졌을 때, 우리는 온라인 게이머로서 완성된다!"

"나, 미완성이라도 괜찮아."

"부원을 수동 봇으로 만들지 말라고."

"됐으니까 와라."

반쯤 강제적으로 자리에 앉았다.

진짜냐. 하는 거냐. 졸린 눈을 비비며 온라인 게임을 하는 거냐.

그야 컴퓨터는 쓰고 싶었지만, 곯아떨어질 때까지 버티며 온라인 게임을 하리라곤 생각 못 했다.

"자, 시작하자! 처음으로 쓰러뜨리는 건 진(眞)타이탄이다!"

"무리예요오오오오!"

"지금 컨디션으로 가능하겠냐, 좀 생각을 하라고!"

"이 몸의 경험치가!"

"싫다냐아아아아아아."

징징대는 우리의 의견은 인정되지 않았다.

◆애플리코트 : 잡몹이 빠져나갔다, 루시안! 어그로 관리 확실히 해라!

◆루시안 : 졸려.

「열」나게 하기 시작한 뒤부터 이미 몇 시간이 지났다. 이미 졸리고 말고를 넘어서 내 두뇌 대부분이 잠에 빠진 것 같았다. 분명 그렇다. 자고 있을 거다.

모두 입을 여는 게 귀찮아서 대답이 채팅이 될 정도다.

◆애플리코트 : 슈바인. 발을 멈추지 마라, 보스가 이리로 온다.

다른 멤버가 잡몹들을 쓰러뜨리는 사이 보스를 끌고 도망다니는 것이 임무였던 슈바인의 움직임이 이상했다. 한 방도 맞지 않고 피해 다녀야만 하는데 조금 전부터 대미지를 엄청 입고 있었다.

◆루시안 : 슈, 괜찮냐?

◆슈바인 : qwddssssssss

◆루시안 : 채팅창 켜놓고 움직이려고 하지 마.

아~, 이 녀석 너무 졸려서 키보드 이동을 실수하고 있구나.

평소였다면 비웃었겠지만, 나도 졸리니까 아무래도 좋다.

◆아코 : 보스가 왔이요~.

아, 열심히 슈를 회복하고 있던 아코한테 보스가 갔다.

◆아코 : 보스한테 죽었어요~.

아, 아코가 죽었다.

◆슈바인 : 힐러가 죽었군…… 이 몸도 뒤를 쫓겠어…….

◆루시안 : 그렇군. 이걸로 끝인가…….

전멸하면 잘 수 있다. 전멸하면 끝난다.

그런 희망으로 가득했던 우리의 화면에 화악 하고 녹색 빛이 퍼졌다.

◆아코 : 어라?

죽었던 아코가 힘차게 일어섰다.

조금 동떨어진 곳에 있던 고양이 귀 소녀가 가슴을 폈다.

◆고양이공주 : 소생시켰다냐. 아직 할 수 있다냐.

◆루시안 : 왜 되살린 건가요!

◆슈바인 : 젠장. 이럴 때에 한해서 서브 힐러가 있다니?!

◆고양이공주 : 왜 화내는 건가냐?!

확실히 고양이공주 씨에겐 잘못이 없다. 잘못이 없지만!

◆루시안 : 분위기를 읽고 그대로 죽게 놔두세요! 못 써먹겠네요!

◆슈바인 : 빌어먹을 고양이가, 보스한테 치어버려.

◆고양이공주 : 냐아아아아?!

별 이유도 없는 폭언이 고양이공주 씨를 덮쳤다!

◆고양이공주 : 그런 식으로 말하면 리바이브, 힐 써주지 않을거다냐.

◆아코 : 저 혼자서는 힐이 따라가지 못해요~.

◆고양이공주 : 고양이공주는 이런 허접한 근캐들이랑 같이 파티를 짤 정도로 한가하지 않다냐.

평소였다면 회복은 한 명이라도 충분했다고, 라는 태클을 걸었겠지만 지금은 누구에게도 그럴 기운이 없었다. 당신 고문이라고, 라는 태클을 걸 기운 역시 없었다.

보스의 공격으로 한 명씩 쓰러져가는 앨리 캣츠 멤버들.

"전부 죽었군…… 이걸로 잘 수 있어……."

마지막까지 버티던 마스터가 죽은 걸 확인한 뒤, 나는 그 자리에서 눈을 감았다.

도중에 곯아떨어지다니…… 오랜만…….

—.

——.

"—야. 일어나."

"으…… 우우……."

흔들흔들 난폭하게 흔들려서 꿈조차 꾸지 못할 정도로 깊은 잠에서 억지로 끌려나왔다.

고개를 들자 창문에서는 옅은 햇살이 비치고 있었다.

"아침인가……."

"낮이야."

세가와가 씁쓸하게 말했다.

진짜냐. 나는 눈을 돌리다가 그대로 눈을 의심했다.

"너, 그 얼굴— 푸흡."

놀란 것도 순간, 그대로 뿜어버렸다.

"뺨에, 키보드 자국이, 제대로—."

불쾌한 표정을 한 세가와의 뺨에 키보드 자국이 선명하게 남아 있었다.

"저는 게임하다 그대로 곯아떨어졌습니다, 라고 대놓고 드러내는 거잖아 그거. 어쩔 거야. 크크큭."

"시끄러. 너도 마찬가지야."

"……엥?"

내 얼굴에 스윽 손을 가져갔다.

내 뺨에도 무기질적인 형태가 심하게 패여 있었다.

"……자국이 남아 있다는 걸 깨닫게 되니 왠지 심하게 가려운데."

"너무 긁지 않는 게 좋아……."

세가와는 모든 걸 포기한 표정으로 말했다.

역시 이 녀석은 거물일지도 몰라. 그런 이상한 감상이 들었다.

"으아…… 안 대여, 그런 곳은……."

"흐읍!"

"히야아아악?!"

왠지 황홀한 잠꼬대를 중얼거리던 아코가 걷어차이는 걸 바라보면서 나도 크게 한숨을 내쉬었다.

전원이 모두 일어난 건 한낮을 10분이나 지난 무렵이었다.

"오늘은 합숙 이틀째다만, 바깥 날씨는 공교롭게도 저렇다."

낮이 되어도 그다지 밝지 않은 창밖. 오늘은 비가 오고 있었다.

"이러면 하루 종일 온라인 게임을 할 수 있겠네요!"

"가능하기야 하지만……."

어제 인터넷 금지가 생각보다 힘들었는지 아코는 엄청 기뻐 보였다.

"어쩔 거야. 정말로 온라인 게임 할 거야?"

"그다지 하루 종일 컴퓨터 앞에 붙어 있었습니다, 라고 일지에 적고 싶지는 않은데."

일단 합숙도 일인 고양이공주 씨가 클립보드를 손에 들고 미묘한 표정을 지었다.

전원 컴퓨터 앞에서 무너지듯이 자고 있었다고 썼다간 혼나겠지. 조금 걱정된다.

"너희들, 걱정할 필요 없다. 이런 일도 있을까 해서 질리지 않도록 하기 위한 대안도 확실히 생각해두었다!"

마스터는 비가 오든 해가 쨍쨍하든 합숙이 즐거워서 견딜 수가 없는 모양인지 가슴을 펴고 말했다.

"오늘은 합숙처를 바꾼다!"

"왜 또."

"그건 말이지…… 이것 때문이다!"

컴퓨터 화면에 커다랗게 표시된 공식 공지 페이지.

그곳에 적혀 있는 건.

"레전더리 에이지, 콜라보레이션 호텔……?"

"콜라보……인가요?"

"그걸 굳이 호텔에서 하는 거야?"

우리는 어안이 벙벙해졌다.

온라인 게임 운영사가 다른 기업과 연계해서 이벤트를 하는 걸 『콜라보레이션』이나 『타이 업』이라고 부른다. 꽤나 빈번히 일어나며, 가장 많은 건 공식 콜라보 컴퓨터 제품 같은 거다.

이 이벤트에서밖에 받을 수 없는 좋은 아이템을 입수할 수 있어서 나도 참가하는 경우가 많다.

하지만, 그런 그렇고.

"호텔인가……."

"이건 드디어 갈 데까지 갔네."

"드문가?"

"드물고 자시고, 호텔하고도 콜라보를 하네."

"다른 것도 있지 않나요? 러브…… 러브…… 러브러브러브, 같은 거요."

"그건 여관이잖아."

여관이나 호텔이나 큰 차이 없긴 하지만.

"LA도 드디어 망하기 전에 마지막으로 돈을 뜯으려는 태세일지도……."

"그렇게 나쁘게 말할 것도 아니다. 조금 사전 조사를 해봤다만, 이게 의외로 나쁘지 않더군."

벌써 예정은 결정된 것 같다.

그다지 짐을 펼쳐놓지도 않았기에 빠르게 정리하고 차에 실었다.

"위치는 바로 근처다. 그럼, 출발!"

"……조금만 더 별장을 만끽하고 싶었다냐……."

고양이공주 씨가 소시민적으로 별장을 아쉬워하고 있었다.

다음에 올 기회가 있으면 제대로 침대에서 자죠…….

가깝다니 대체 얼마나 가깝나 했는데, 정말로 가까웠다.

아마 여기도 마찬가지로 해변을 노린 호텔인 것 같았다.

"여기다. 호텔 플로레스."

"우와, 커다랗게 레전더리 에이지 콜라보레이션이라고 쓰여 있네!"

로고 마크가 여기저기 붙어 있어!

로비에 무지 큰 인형 같은 게 장식되어 있고!

"커다란 포와링이 있어요!"

"저 의기양양한 얼굴을 보니 마스터 포와링이네."

씨익! 웃는 얼굴을 한 슬라임 비스무리한 녀석이 우리를 맞이했다.

달려간 아코가 뛰어들자 물컹~ 하고 받아들여준다.

세가와가 살짝 부러운 표정을 지었지만, 아무래도 자존심이 이겼는지 뛰어들지는 않았다. 가도 상관없는데.

"크다……."

"이거 등신대? 정말로?"

"우리 이런 걸 잘도 잡아왔네."

위에서 살 수도 있을 정도로 커다랬다.

"근데…… 왠지 부끄러운데."

"우리가 딱히 잘못한 것도 없는데, 왠지 쑥스럽네."

여기저기에 LA, LA, LA 라고 자기가 하고 있는 게임 이름이 나오면 왠지 묘하게 겸연쩍은 기분이 든다. 어째서일까, 이 이상한 감각.

"루시안 루시안. 이 호텔, 왠지 어디서 본 기억이 있는데요."

"나도 왠지 본 기억이 나."

"수도에 있는 여관의 원형이 된 건물이니 말이다. 내부는 어느 정도 카피했다고 하더군."

수도에 있는, 여관.

"아아! 루시안과 함께 채에윽."

자, 더 이상 말하지 말도록. 명백하게 오해를 부르는 발언이니까.

집합 장소를 찾아 돌아다니던 그때 함께 들어간 거기잖아. 그것뿐이니까.

"체크인 하고 왔어. 제대로 예약도 되어 있더라."

"사전 준비는 중요하니까요."

프런트에서 돌아온 선생님이 우리에게 열쇠를 건네줬다.

덤으로 받은 건…… 뭐지, 작은 포와링 형태를 한 무언가다.

"이 호텔은 재미있는 장치가 있어서 말이지. 게임 내부와 연동해서 이벤트를 진행하도록 되어 있다. 이것이 그 이벤트용 토큰이지."

"헤에, 포와링형 토큰인가."

뒤쪽을 보자 ID가 각인되어 있고, 일정 시간마다 변하는 비밀번호도 표시되어 있었다.

선불리 고정식 ID와 비밀번호를 배포하면 인터넷에 정보가 흘러서 투숙객이 아니어도 콜라보 이벤트에 참가할 수 있게 된다. 호텔에 묵는 사람 말고는 할 수 없도록 일부러 토큰을 쓰고 있는 것이리라.

"세밀하네."
"귀여워요!"
이거 괜찮네. 나중에도 쓸 수 있다면 쓰고 싶을 정도다.
"또한. 이벤트를 클리어하면 포와링형 토큰에 포인트가 쌓인다."
으음?
"그리고 이 호텔에서는 포인트 한도 내에서 LA를 무료로 즐길 수 있지."
"포인트가 없으면 무료로 즐길 수 없……죄, 죄송합니다."
지적해서는 안 되는 걸 지적해버린 아코가 사과했다. 위험한 발언은 조심하도록.
"음…… 난 말이지. 이런 콜라보 같은 거나, 온라인 이벤트 같은 건 유저를 얕보는 느낌이 들어서 그다지 좋아하지 않아. 이러면 돈을 내겠지? 같은 생각이 훤히 보여서."
세가와가 토큰을 흔들면서 말했다.
아, 그거 잘 알지. 왠지 게임 말고 다른 것에 돈을 쓰게 만들려는 자세가 마음에 안 들긴 해.
"하지만 이렇게 눈앞에서 보니…… 왠지 불타오르네."
"그렇지…… 우리 역시 단순한 건가……."
"귀엽네요!"
아코가 마스터 포와링을 꼬옥 끌어안았다.
폭신하고 부드러운 것이 짓눌리고 있었다.

"그런고로 리얼&게임 연동 이벤트다. 스타트 지점은, 이 호텔의 프런트지."

"저기?"

꽃미남 프런트맨이 있는 프런트 말이야?

"아니, 아니다. 게임 속 호텔의 프런트다."

마스터가 가리킨 곳에는 약간 낡아 보이는 PC가 설치되어 있었다.

여기도 레전더리 에이지 콜라보! 라는 공지 사항이 크게 적혀 있다.

"여기서 로그인을 해서 캐릭터를 이 호텔로 데려오는 거지."

약간 낡은 PC라서 LA의 기동에 시간이 걸렸지만 표시된 마스터의 애플리코트 군은 뚜벅뚜벅 여관으로 향했다.

◆도어맨 : 어서오세요. 숙박하시겠습니까?

그러자 지금까지 아무도 없었던 입구에 나타난 NPC가 아이디를 물었다.

"여기에 토큰의 ID와 비번을 입력하는 거다."

마스터는 토큰의 아이디와 현재 보이는 원 타임 패스워드를 척척 입력했다.

그러자 짜라라란 하고 호화로운 소리가 울려 퍼졌다.

◆도어맨 : 체크인을 확인했습니다. 본 호텔을 이용해주셔서 감사드립니다, 고쇼인 님.

"호호오."

"연동되어 있네요."

대화 후에 날아온 맵은 본래 여관보다 조금 큰, 이 호텔을 충실하게 재현한 것이었다.

"오오, 굉장해. 우리가 있는 맵으로 치면 이 부근이네. 컴퓨터 앞."

"똑같이 서서 사진 찍어요!"

"어떠냐, 너희들. 나쁘지 않지?"

마스터가 들뜬 우리를 보고 의기양양한 표정을 지었다. 큭, 왠지 분하긴 하지만 조금 재미있었다.

"자, 너희도 해봐라."

"오케이!"

로그아웃한 마스터 다음으로 로그인했다.

똑같이 여관으로 가서 토큰의 ID와 원 타임 패스워드를 입력.

◆도어맨 : 체크인을 확인했습니다. 본 호텔을 이용해주셔서 감사드립니다, 니시무라 님.

"니시무라 님이라고 하네……."

NPC가 대화문 속에서 말할 뿐이므로 나 말고는 보이지 않는 표시다.

하지만 게임 속에서 현실의 정보가 나오는 거니까 쑥스럽다.

"게임 속에서 이름으로 불리니 부끄럽네."

"저는 언제나 그런데요."

아코는 특수한 예시니까.

이후 안으로 들어가자 이벤트 NPC 몇 명이 일을 하고 있었다.

"아, 프런트 사람과 조금 비슷해!"

"시간대도 맞추고 있는 모양이더군."

"쓸데없이 세세하네."

전원이 모여 프런트의 PC를 클릭했다.

그러자 커다란 이벤트 개시 문자가 떴다.

"현재 이벤트 개최 중인 레전더리 에이지 한정 콜라보 스탬프 랠리. 다음 목적지는 3층, 레스토랑 음악의 바다 in 호텔 플로레스, 라는데."

"호텔이라는 건 현실 쪽인가."

덤으로 식사도 하고 오라는 건가.

오오 약삭빠르군, 약삭빨라.

"학생에게 시키기에는 조금 어른의 세계가 엿보이는 이벤트네."

고양이공주 씨가 미묘한 표정을 지었다.

상관없잖아요. 아직 밥도 안 먹었으니까.

우리는 게임 속 퀘스트를 하는 기분으로 레스토랑 음악의 바다로 향했다.

그러나 일단 LA 콜라보란 표기는 있지만 그다지 특이한 모습은 없었다. 어어, 어디로 가면 되지.

"일단 식사라도 할까."

"다섯 명이에요~."

안으로 들어와도 이렇다 할 특별한 표시는 없었다.

조심조심 웨이터에게 말을 걸었다.

"저기, 이건 어디서 쓰는 건가요?"

내가 꺼낸 토큰을 보고 중후하고 멋있는 웨이터 씨는 싱긋 운영 스마일을 지으며 말했다.

"아아, 레전더리 에이지 콜라보레이션 이벤트를 이용하시나 보군요."

"쿠헉!"

"쿨럭, 쿨럭."

세가와와 아코가 뿜었다. 나도 물을 마셨다면 확실히 뿜었을 거다!

그만둬! 풀 네임으로 말하지 말아줘! 업무상 어쩔 수 없는 건 알고 있어도 이렇게 점원 입으로 들으면 진짜로 부끄럽다니까!

"그럼, 여기서 여기까지의 메뉴가 콜라보레이션 대상이 됩니다."

"그, 그것 참…… 고맙습니다."

새빨개진 얼굴을 숨기면서 메뉴를 봤다.

내용은 평범했다. 비프 카레나 새우 크림 도리아 같은 흔한 것들이 늘어서 있다.

문제는 그 옆에 쓰여 있는 문자였다.

“STR+10 한 시간……?”

“이쪽은 INT+8 세 시간이네요.”

“이거, 시키면 게임 속에서 같은 효과를 가진 아이템을 받을 수 있다는 거야……?”

“아무래도 열 개 세트로 받을 수 있는 모양이군.”

약삭빠르군! 이 콜라보레이션 정말 약삭빨라!

“약삭빠르긴 하지만, 그래도 나는 VIT+10이 갖고 싶어! 어디 있어, 체력 상승 밥!”

“이거네. 산나물 완자 조림.”

“먹고 싶지 않아! 대상 연령을 생각한 메뉴를 고르라고!”

“INT는…… 드래곤 칵테일인가. 나는 이거로군.”

“자자, 알코올은 안 돼.”

“크…… 불합리해…….”

이 가게는 무슨 생각을 하고 이 메뉴를 고른 걸까.

왜 이런 콜라보는 그런 생각을 안 하는 걸까? 블랙 껌이나 라면 같은 거 말고, 조금 더 메인 타깃인 학생들이 좋아할 콜라보를 해주면 안 될까? 햄버거 같은 거 말이야.

“그렇다면 무난하게 카레로 때울까…….”

“전 샌드위치를 먹을게요.”

"STR은 버리기 힘드니까 T본 스테이크랑 새우튀김 세트……."

세가와가 조금 울상을 지으며 메뉴를 골랐다.

"대낮부터 든든하게 먹네, 너."

"시끄러워. 새우튀김 던진다."

다섯 개 정도 날릴 것 같으므로 입을 다물었다.

"흥. 그치만 어쩔 수 없잖아……."

공격력에 끌리는 자의 말로였다.

"어어, 나는 산나물 완자 조림."

"남 말할 때야?"

이것이 내구력에 끌리는 자의 말로이기도 했다.

"선생님은요?"

"움직이는 고양이 귀 이어 세트를 받을 수 있는 캣 도리아 세트."

단언하는 고양이공주 씨. 그 표정에는 한 점의 망설임도 없었다.

"저기…… 갖고 싶으신가요?"

"고양이 귀는 몇 개가 있어도 기쁘다냐."

싱긋 웃는 고양이공주 씨를 보니 역할 연기 플레이어의 강함을 본 것 같았다.

곤란하게도 음식은 맛있었다.

콜라보 이벤트에서 자주 보이는 콜라보 상품의 완성도.

이게 언제나 곤란하단 말이지. 왠지 콜라보가 끝나고 나서도 가끔 사고 싶어지는걸. 그게 노림수긴 하겠지만.

"여긴가, 컴퓨터가 있군."

"이런 곳에 있었구나."

레스토랑 근처, 관엽 식물에 가려져서 알기 어려운 곳에 콜라보용 컴퓨터가 있었다.

"여기에 토큰 ID와 비밀번호를 입력하면 메일 주소에 아이템 코드가 전송될 거다."

"그럼 나부터 할까. ……응?"

왠지 컴퓨터 상태가 이상하네.

언제나 쓰는 무료 메일 주소에 제대로 로그인을 했는데, 한 번 입력한 비밀번호가 거부되지도, 통과되지도 않고 똑같은 화면으로 다시 한 번 요구되었다.

음, 뭐지, 이상한 느낌이 드는데.

하지만 이런 낡은 사양의 컴퓨터니까 묘한 움직임을 보이는 것도 평범한가.

"일단 다시 한 번…… 됐다."

브라우저를 재기동해서 다시 로그인했다.

이번에는 문제없이 통과됐다. 안에는 체력+10의 완자 조림이 들어 있었다.

"좋아 좋아."

"다음으로 갈 곳은 어디야?"

"으음…… 1F의 토산물 가게군."

"야, 약삭빠르네요!"

돈 뜯을 태세에는 한 점의 흔들림도 없었다.

††† ††† †††

"한 바퀴 다 도니까 쓸데없이 아이템이 늘어났네."

"하지만 귀여운 게 엄청 많았어요!"

"게다가 꽤나 좋았지."

타이 업 이벤트는 쓸데없이 강력한 게 곤란하다. 쓰지 않을 수 없다니까, 이거.

"자, 그럼 대충 돌았다만…… 그러고 보니 우리, 체크인을 했는데 아직 방조차도 들어가지 못했군."

짐은 방에 옮겨달라고 했지만 우리는 아직 한 번도 내부를 보지 못했다.

"이제 저녁이니까, 한 번 해산하고 휴식할까?"

선생님이 쭈욱 기지개를 켰다.

체육계의 특징인지, 선생님은 이렇게 실내에서 깨작깨작 하는 게 오히려 몸의 피로가 쌓이는 모양이다. 사람에 따라 다르구나.

"그럼 저녁 식사 시간에 집합해서 내일을 위한 미팅을 할까. 긴급한 연락은 문자나 LA 속의 채팅으로 하도록."

"LA의 채팅을 긴급 연락으로 쓰는 거야?"

그거 괜찮은 건가? 라는 시선을 보내자 마스터는 여유로운 미소를 지었다.

"이번 콜라보 대상이 된 방은 컴퓨터와 인터넷 환경이 마련되어 있다. 그러므로, 다들 시간이 될 때까지 콜라보 아이템을 시험하고 있겠지."

"……그렇겠네."

잘 알고 계신다.

역시 나란히 이어진 방은 잡지 못했는지 우리들의 방은 모두 조금 거리가 떨어져 있었다.

그럼 나중에 보자며 엘리베이터에서 이별하고 내 방으로 향했다.

"오오, 뭔가 콜라보라는 느낌이네."

제대로 된 PC와 인터넷 환경이 구비된 방이다. 뭐야 이거, 엄청 편안한데.

침대 머리맡에는 가져가도 된다는 포와링 인형 같은 것도 놓여 있었다.

일단 컴퓨터를 켜서 LA에 들어가 볼까.

나— 루시안이 있는 곳은 마지막에 기동했던 토산물 가게 근처였다.

◆루시안 : 나 왔다.

◆슈바인 : 늦어, 루시안. 어디서 농땡이 부리고 있었던 거

냐.

변함없이 굉장한 캐릭터 변모구만, 너.

◆아코 : 루시안, 루시안!

토산물 가게(게임 속)를 보고 있던 아코가 재빠르게 다가왔다.

◆아코 : 굉장해요! 호텔 안에도 다른 이벤트가 있어요!

◆애플리코트 : 호텔에 붙은 퀴즈를 풀면 체크아웃 때 포와링 이어폰 잭을 선물한다고 하더군.

◆루시안 : 필요없어…….

◆아코 : 필요해요!

아코는 꽉 주먹을 움켜쥐었다.

◆아코 : 몽실몽실한 포와링 이어폰 잭이라고요! 상상하는 것만으로도 귀엽잖아요!

그렇군. 모르겠다.

◆루시안 : 갖고 싶다면 받으면 되잖아…… 문제는 어떤데? 정답 알겠어?

◆아코 : 전혀 모르겠어요!

이런…… 변함없이 쓸모가 없군…….

◆애플리코트 : 아마도 호텔 안의 NPC가 정답의 정보를 갖고 있는 타입이라고 생각한다만.

◆슈바인 : 역시나 이 몸. 방에 있는 팸플릿에 몇 개 정답이 적혀 있더군.

◆아코 : 어어, 어어, 팸플릿…….

호텔 안을 두리번두리번 걸어갔다.

호텔에 대한 세부적인 질문도 있었지만 대부분은 근처에 있는 호텔 안내 팸플릿에 실려 있었다. 점점 호텔에 대해 자세히 알게 되는 자신이 분하다.

◆슈바인 : 굉장하구만. 이 질문. 위키를 봐도 대답이 적혀 있질 않잖아.

참가자가 적은 게 잘 느껴졌다. 그야 콜라보 호텔에 묵으러 오는 플레이어는 그리 많지 않겠지.

하지만 게임 속인데도 구조가 복잡하네. 호텔 그 자체잖아.

아, 맞다. 기왕 하는 김에 내가 지금 쓰고 있는 방으로 가볼까.

"……어라? 토큰 ID랑 비번을 써야 하네."

내가 묵고 있는 방의 문을 클릭하자, 어째서인지 토큰 ID와 비밀번호를 입력하는 화면이 열렸다.

일단 입력해보니…… 오, 열렸다 열렸어.

헤에, 호텔에서 잡은 내 방에 묵을 수 있는 건가.

◆루시안 : 어~이, 위층으로 오면 자기 방에 묵을 수 있어.

◆애플리코트 : 세밀한 시스템이로군. 나쁘지 않아.

아무래도 무료로 완전 회복이 가능한가 보다. 쓸데없이 공을 들였군.

◆아코 : 정말이네. 제 방이에요!

◆슈바인 : 퀴즈 정답하곤 상관없잖아. 쓸모없군.

슈, 너 그렇게 이어폰 잭을 갖고 싶었던 거냐.

나는 그리 관심 있는 아이템이 아니어서 방에 남은 채 아이템 정리를 했다. 시간제한이 있긴 해도 VIT+10 아이템은 좋다. 소중하게 모아두자.

그때 딩동 하고 효과음이 들렸다.

화면 끝에 표시된 귓속말 메시지.

◆아코 : 루시안, 들리나요?

◆루시안 : 그래. 무슨 일이야?

아이템 위치를 바꾸면서 대답했다.

또 모르는 문제가 있는 건가 해서 느긋하게 메시지를 기다리고 있으니.

◆아코 : 루시안, 지금 제 방에 오지 않을래요?

"윽?! 으악, 아까워."

예상 밖의 채팅에 깜짝 놀라서 완자 조림 하나 써버렸어! 젠장, 소중하게 쓸 생각이었는데!

어어, 그리고 뭐지?

지금 아코의 방에 오지 않겠느냐고?

그건 저기, 뭐야, 무슨 의미야?

평소에는 지나칠 정도로 직접적인 아코답지 않은, 조금 분위기 있는 권유여서 묘하게 두근두근한데.

수학여행에서 여자 방에 초대받은 듯한 — 그런 경험은 없지만 — 그런 두근두근한 느낌.

◆루시안 : 딱히, 상관은 없지만.

아코의 방에 가서 뭘 해야 하는데. 뭘.

부부다운 일을 하자고 한다면, 저기, 안 되거든?

◆아코 : 다행이다. 제 토큰 번호를 가르쳐주면 루시안도 제 방에 들어올 수 있죠?

◆루시안 : ……토큰?

으응?

여기서 토큰이 나오나?

◆아코 : 네. 그치만 방에 들어올 때 필요하잖아요.

◆루시안 : 아아…… 방이라는 게…….

현실의 아코가 묵는 방이 아니라, 게임 속 아코가 있는 방 말이구나…….

"……그럴 줄 알았어. 그럴 거라고 생각했다고. 딱히 뭔가 기대한 것도 아니고……."

젠장. 두근두근해서 손해 봤어.

뭐, 상관없나. 다른 사람 방이 어떤 구조인지도 신경 쓰이니까.

◆루시안 : 아코 방은 몇 호실이었더라?

◆아코 : 402호실이에요.

게임 속을 뚜벅뚜벅 이동해서 방 앞에 왔다.

들은 대로 토큰 번호를 입력하자 나도 안에 들어갈 수 있었다.

◆루시안 : 이 방 쪽이 좀 더 넓네.

◆아코 : 루시안의 방은 좁은가요?

아코가 침대에 앉았다.

딱히 의미도 없지만 그 옆에 앉았다.

◆아코 : 이 자세…… 예전에 집합 장소 찾을 때가 떠오르네요.

그 이야기는 그만두라고 했잖아.

◆루시안 : 야. 그런 농담을 하려고 부른 거면 돌아간다.

◆아코 : 에에엑, 하지만 우리, 부부잖아요.

아아, 정말. 이 녀석은 언제나 언제나.

그렇게 느긋하게 생각할 상황은— 사실, 아니었다.

부부라고 한들, 이라는 글자를 입력하는 도중에 뚝 하고 화면이 끊긴 것이다.

"……어?"

익숙한, 너무나도 익숙한 로그인 화면이 표시되었다.

한가운데에 나온 문자는.

이 계정에 다른 플레이어가 로그인했습니다.

접속을 종료합니다.

그런 시스템 메시지였다.

"뭐야, 튕겼나?"

아아, 정말. 귀찮게.

가끔 있는 이상한 접속 종료라고 생각해서 ID와 비밀번호를 입력했다.

그러자 표시된 것은.

비밀번호가 다릅니다.

등골에 식은땀이 흘렀다.

로테이션을 바꾸고는 있었지만, 그래도 익숙한 비밀번호다. 잘못 입력할 리는 없었다.

하지만, 다시 한 번 입력해도.

비밀번호가 다릅니다.

비밀번호가 다릅니다.

"—윽."

공식 사이트의 비밀번호 분실 대응 창구에 접속.

등록된 메일 주소로 비밀번호 송신을 요청하고 평소에 쓰는 메일 주소로 로그인했다. 조금 전까지 아이템 코드를 받으려고 사용했던 메일 주소다.

그곳에는 비밀번호 송신 메일이— 어째서인지, 두 개.

게다가 하나는 이미 읽은 상태였다. 한 번 열려 있다. 나는 본 적도 없는데.

누군가가 내 메일 주소에 멋대로 들어왔다? ……윽!

"큰일 났다, 당했어!"

이거 큰일이다. 내 계정이 해킹 당했어!

겨우 이해했다. 하지만 깨닫는 게 너무 늦었다!

자기가 당해보면 혼란스러워지는 법이구나. 젠장.

최근 며칠 동안 평소에 쓰지 않는 회선과 기기로 너무 많이 로그인했다. 발생해도 이상하지 않은 사태였는데도. 아아, 정말.

지금 막 받은 비밀번호로 LA에 로그인하자, **이 계정에 다른 플레이어가 로그인하고 있습니다.**라는 표기가 나왔다.

이 표기는 같은 ID에 복수의 PC가 동시에 로그인했을 때 나오는 표시다.

이 표시가 나오면 양쪽 PC의 클라이언트가 강제적으로 종료된다.

그렇다는 건.

바로 지금 이 순간, 다른 PC에서 내 계정에 들어갔던 녀석이 있었던 거다.

내『루시안』에 다른 누군가가 들어갔던 거다.

"……어이어이어이."

등골이 오싹 곤두섰다.

무서울 정도로 나에게 전폭적인 신뢰를 쏟고 있는 아코가, 이 호텔 방에서 둘만 있는 상태로, 가짜『루시안』과, 뭘 했을까?

"큰일났어큰일났어큰일났어큰일났어!"

곧바로 로그인이다. 다시 한 번!

비밀번호가 다릅니다.

젠장. 벌써 비밀번호를 바꿨나!

이래선 다람쥐 쳇바퀴나. 세다가 저쪽은 불법적인 로그인 툴 같은 걸 쓰고 있을지도 모르고, 여기 PC는 낡은 탓에 기동 속도가 상당히 느리단 말이야!

곧바로 임시 비밀번호를 발행, 그 비밀번호로 기동을…… 젠장, 늦어!

"에에잇, 긴급 수단이다!"

이렇게 된 이상 수단을 가릴 때가 아니었다.

공식 사이트에서 비밀번호를 입력했다. 대충 마구 입력했다.

틀린 입력, 틀린 입력, 틀린 입력이 열 번 나오자 보안 잠금이 발동.

이걸로 한 시간은 그 누구도 로그인할 수 없다.

"좋아, 지금 이 틈을 타서……."

아코의 휴대 전화에 전화를 걸었다. 하지만— 받지 않는다.

어떻게 된 거야. 아코. 정말로 무슨 일이 있었던 건가.

하지만 이쪽에는 오프라인이 있다.

아코의 방이 어디 있는지는 안다. 왜냐하면 조금 전 게임 속에서 완전히 같은 곳에 있었기 때문이다.

"속지 않았기를……!"

초조한 마음을 억누르며 곧바로 방에서 뛰쳐나와 호텔

복도를 달렸다. 오늘은 운동할 필요가 없다고 생각했건만.

엘리베이터를 기다리고 있을 수 없어서 계단을 올랐다.

402호실, 여기다. 곧바로 문을 두드리고 벨을 연타했다.

"아코, 아코!"

안에서는 아무 소리도 들리지 않았다. 대답도 없다.

"그 녀석은 내가 아니야. 가짜야. 야, 들리냐?"

아코! 들리지 않는 거야? 아코!

다시 한 번 문을 두드리려던 손이 스윽 앞으로 미끄러졌다.

천천히 문이 열린다.

"루, 루시안……."

눈이 새빨개진 아코는, 얼굴을 엉망으로 일그러뜨렸다.

"루시아아아아안!"

울면서 달라붙는 아코를 끌어안았다.

"미안해. 깜짝 놀랐지?"

내가 사과하자 아코는 달라붙은 채 필사적으로 말했다.

"죄송해요. 죄송해요죄송해요죄송해요."

"왜 네가 사과하는데."

아코가 고개를 절래절래 내저었다.

"그런데 가짜 나는 어떻게 됐어? 이상한 짓 하지 않았어?"

"으."

아코가 움찔 몸을 굳혔다.

"야, 아코?"

"죄, 죄송해요."

왜 사과를— 아니, 스스로 확인하자.

"미안, 아코. 들어가게 해줘."

"아…… 루시안, 기다—."

아코를 데리고 그대로 방으로 들어왔다. 조금 전 게임에서 본 것과 같은 방. 같은 구조다.

같은 곳에 있을 컴퓨터 화면을 들여다봤다.

그곳에는 아코의 『아코』가 혼자 있을 뿐이었지만, 나와 아코의 채팅 로그가 선명하게 남아 있었다.

◆아코 : 이 자세…… 예전에 집합 장소 찾을 때가 떠오르네요.

◆루시안 : 야. 그런 농담을 하려고 부른 거면 돌아간다.

◆아코 : 에에에, 하지만 우리, 부부잖아요.

그래. 여기까지는 나다. 내가 이야기하고 있었다.

거기서 루시안의 접속 절단 메시지가 나왔다.

그리고 잠시 뒤— 다시 『루시안』이 돌아왔다.

◆아코 : 어서 오세요. 루시안. 호텔 회선이 안 좋나요?

그 말에 대한 반응이 늦었는지, 다시 아코의 채팅.

◆아코 : 루시안? 왜 그러나요?

◆루시안 : 아, 호텔. 호텔이네.

『루시안』이, 말하고 있다.

내가 아닌 『루시안』이, 아코를 향해.

◆아코 : 루시안?

◆루시안 : 아, 어어.

◆아코 : 괜찮나요? 무슨 일 있어요?

◆루시안 : 아니, 익숙하지 않은 컴퓨터라서.

나의 탈을 뒤집어쓴 루시안이 태연자약하게 아코와 이야기하는 로그.

주먹에 힘이 힘껏 들어갔다.

◆아코 : 이러면 곤란하네요. 모처럼 좋은 느낌이었는데, 분위기가 엉망이에요.

◆루시안 : 분위기?

◆아코 : 봐요. 모처럼 그럴듯한 곳에서 둘만 있는데, 좀 더 알콩달콩 보내도 좋겠다는 이야기예요.

평소의 나라면 그냥 흘려버리는, 아코의 말.

그 말을 듣고.

◆루시안 : 오, 그런 거 OK인 타입?

『루시안』은 콧김을 뿜으며 그렇게 말했다.

◆아코 : 어, 저기…… 루시안?

◆루시안 : 나도 완전 상관없는 쪽이니까. 자, 하자.

◆아코 : 펴, 평소보다 적극적이네요?

명백하게 이상한 『루시안』의 반응에 아코가 놀란 것이 느껴졌다.

그것을 얼버무리려는 듯이 『루시안』 쪽에서 한층 압박해 왔다.

◆루시안 : 그런 건 싫어? 내가 싫어?

◆아코 : 그, 그건…….

"아……."

아코는 대답하지 못했다.

말하지 못하는 거다.

좋아한다고 대답하지 않았다.

평소라면 질겁할 정도로 즉답하는 아코의 말문이 막혔다. 아무 말도 하지 않았다.

그것이 스스로도 깜짝 놀랄 정도로 기뻤다.

아아, 알고 있구나. 이 녀석. 내가 내가 아니게 되면 아는구나.

"너, 좋은 신부네."

"네……?"

내 옆에서, 울먹이는 얼굴로 화면을 보고 있던 아코의 머리를 쓰다듬어줬다.

그러나, 그런 안도감을 날려버릴 정도로, 화면 속의 『루시안』은 쓰레기였다.

◆루시안 : 하자. 딱히 상관없잖아. ……아, 맞다. 그 전에 사진 보내줘. 셀카라도 좋으니까.

◆아코 : 루시안……?

◆루시안 : 조금 에로한, 쓸 만할 것 같은 거. 자자, 메일 주소 보내줄 테니까.

◆아코 : 당신, 루시안 맞나요?

◆루시안 : 다르게 보여?

◆아코 : …….

다르게 보일 리가 없다. 틀림없이 『루시안』이다.

◆아코 : 하지만, 하지만…….

◆루시안 : 아아, 나는 딱히 외모 같은 건 신경 안 쓴다고. 온라인 게임 같은 거 하는 애들은 다들 음침하고, 징그러운 애들이니까. 나도 보낼 건데. 나 꽤 잘생겼다?

◆아코 : ―윽! 그만두세요!

매우 드문, 아코의 화난 말투.

◆아코 : 루시안의 얼굴로 그런 소리는 하지 말아주세요.

◆루시안 : 얼굴이고 뭐고 그 루시안이잖아.

◆아코 : 제가 좋아하는 루시안은, 루시안은―.

채팅이 잠깐 끊어졌다.

아마 있는 힘껏 내려치듯이 타자를 쳤다는 걸, 그런 걸 알 수 있을 정도의 단절이었다.

◆아코 : 루시안은 그런 말을 하지 않아요!

그 타이밍에 내가 로그아웃한 표시가 나왔다.

직후에 다시 로그인해서, 텔레포트 아이템으로 사라진 후에는 돌아오지 않았다.

"……하아."

아코가 움찔 몸을 떨었다.

다행이다…… 최악의 사태는 벌어지지 않았다.

"죄송해요. 죄송해요."

"왜 사과하는데. 잘 눈치채줬어. 정말로."

가짜 루시안이 완전히 직결충이긴 했지만, 아코가 나를 믿어주지 않았다면 위험했다.

"뭐야 이 쓰레기 같은 채팅. 오프충에 직결충…… 그보다 완전 범죄자 티 풀풀 나잖아."

젠장. 내 캐릭터가 저런 식으로 말하는 걸 보니 진심으로 거슬린다.

"좋은 공부가 됐어. 아코도 이런 녀석한테 걸리면 안 돼."

"죄송해요……."

"그러니까 사과할 일이 아니라니까…… 아코?"

아코의 눈망울에 눈물이 가득했다.

그리고는 후회로 가득한 얼굴로 나에게 말했다.

"그치만, 저, 루시안이 아닌 사람을, 루시안이라 불러서—."

죄송해요, 라고 다시 한 번 말한 아코의 두 눈에서 눈물이 떨어졌다.

"아……."

그걸로 깨달았다.

잠깐, 고작 몇십 초.

짧은 시간이었지만, 그래도. 나의 아코가 도둑맞은 거다.
그 사이, 아코는 나의 아코가 아니었다.
나의 『루시안』을 빼앗기면, 나의 아코도 함께 뺏기는 거다.
"……마음에 안 드네."
그리고 울렸다.
나의 아코를 울렸다.
"용서 못 해. 절대로 용서 못 해."
"죄송해요. 이제 절대로 이런 일은……."
"아니야, 아코가 아니야! 아코에게는 조금도 화나지 않았어! 열 받은 건 먼저 나한테야!"
내가 잘못했다. 주의 태만이었다. 위기감이 부족했다.
그리고, 그 이상으로.
"이 계정 해커놈은 절대로 용서 못 해!"
이 빌어먹을 놈한테 나는, 엄청나게, 화가 났다고!

"주의는 주었다만…… 설마 정말로 계정 해킹을 당할 줄이야."
"아는 사람이 당하면 농담으로 넘길 수가 없네."
나에게서 연락을 받은 세 사람은 곧바로 아코의 방에 와주었다.
"이런 오픈된 공간에 접속할 경우에는 충분히 경계를 해야 했거늘. 미안하다. 이것을 기획한 나의 미스다."

"무슨 소리야. 마스터가 잘못한 게 뭐가 있다고?"

내가 실수할 때까지는 즐겁게 보내고 있었잖아. 엉망으로 만든 건 전부 나야.

"아니야. 합숙 중에 학생이 피해를 입다니…… 미안해."

선생님이 깊이 고개를 숙였다.

"고양이공주 씨가 잘못한 것도 아니잖아요."

완전 무관계하잖아.

"제가 잘못한 거예요. 자기 보호가 부족했죠. 원 타임 패스워드나 토큰을 써야 했는데."

"니시무라 군. 그건 잘못된 생각이야."

선생님이 강한 어조로 말했다.

"계정 해킹, 그런 게임 용어처럼 불리고 있지만 이건 『부정 액세스 행위 금지 등에 관련한 법률』이라는 걸 위반한, 엄연한 범죄야. 아직 학생인 너희는 일상적으로 범죄자의 표적이 되는데 자기 보호를 강요하다니. 그쪽이 이상한 거야."

그리고 시선을 내렸다.

"합숙 중에 학생이 범죄 피해를 입다니…… 정말로 선생님 실격이네."

"실제로 피해를 입은 건 루시안이 아니라 운영 사이트, 라는 게 됩니다만."

"똑같은 거야."

그야 겉으로는 그렇지만.

실제로 온라인 게임을 하는 사람이라면 계정 해킹은 스스로 보호해야 한다고 생각하고, 법률이 어떻든 간에 해킹 당한 후에 누군가가 도와줄 거란 생각도 하지 않는다.

단순히 내가 실수했다고 생각할 뿐이다.

"일단 호텔 쪽에는 사정을 연락해둘게."

"잘 부탁드립니다."

이런 건 선생님에게 맡기자. 나보다는 이야기가 잘 통할 것 같으니까.

"근데 LA를 완전히 뺏겼던 거지? 지금은 이제 괜찮아?"

"LA가 아니라 무료 메일 주소 쪽을 당했어. LA의 보안 기능은 메일 주소 기준이니까 꽤 위험했다고. 메일 쪽은 비밀번호를 변경하는 수속이 복잡하니까 어떻게든 내 제어하에 들어왔지만."

LA의 계정 제어는 등록되어 있는 메일 주소만 빼앗아버리면 거의 마음대로 할 수 있는 시스템이라서 말이지.

비밀번호 변경도 ID의 확인도 전부 등록된 메일 주소로 보내는, 메일로 진행되는 시스템이다. 원 타임 패스워드나 토큰을 쓰지 않는 한, 메일 주소를 빼앗기면 전부 자유다.

오래된 온라인 게임은 대부분 그런 식이라는 건 알고 있었지만, 방심했다. 뭐든 대책을 세워두었다면 이렇게 엉망으로 당하진 않았을 텐데.

"메일 계정은 설정 변경에 생년월일이나 보조 계정이 필요하니까. 덕분에 진입은 허용했지만 빼앗기진 않았어. 이미 진부 변경했으니까 괜찮아."

메일 계정을 자기 걸로 만들면 게임 계정도 제어할 수 있다.

일단 사태는 진정된 셈이다.

"원인은 알아냈나? 어디서 뺏긴 거지?"

"아마, 음악의 바다겠지……."

레스토랑 앞에 있었던 컴퓨터. 그거다.

"거기서 아이템을 받으려고 메일 계정을 입력했었는데, 그때 동작이 이상했거든. 한 번 ID랑 비밀번호를 입력했는데 아무것도 일어나지 않은 채 같은 화면으로 돌아갔고, 다시 한 번 입력하니까 들어가졌어."

"피싱 사기인가…… 고전적이군."

마스터가 신음했다. 당해보지 않으면 깨닫지 못한다니까. 정말로.

"어어…… 미안, 그게 뭔데? 얘, 아코. 무슨 소리인지 알겠어?"

세가와가 묻자 아코가 조용히 고개를 내저었다.

"아뇨……."

아코는 학교에 혼자 있을 때처럼 떨고 있었다.

젠장. 그놈 때문이야. 절대로 용서 못 해.

분노를 불태우면서도 그것이 아코에게 들키지 않도록, 아무 일도 없다는 듯이 말했다.

“피싱 사기라는 건 그 말대로 『낚시』야. 인터넷에서 쓰는 의미로 낚시. 알고 있지?”

“그런 떡밥에 이 몸이 낚이다니~.”

“그런 거야.”

이번에는 내가 낚인 셈이지만.

“구조는 단순해. 온라인 게임이라면, 공식 사이트의 로그인 페이지와 완전히 같은 디자인의 가짜 페이지를 만들어서 URL을 뿌리는 거야.”

잘못해서 들어간 사람은 그곳이 정규 로그인 페이지라고 착각하게 된다.

“속아 넘어가서 거기에 ID와 비밀번호를 입력하고 로그인 버튼을 누르면, 입력한 정보만 도둑맞고 아무 일도 일어나지 않은 채 진짜 공식 페이지로 날아가지.”

“……진짜 페이지로 가는 건가요?”

“그래. 그래서 속아 넘어간 녀석은 뭔가 실수한 건가 생각해서 다시 한 번 로그인을 하게 돼. 그러면 이쪽은 진짜 공식 페이지니까 평범하게 들어갈 수 있어.”

그리고 아무것도 눈치채지 못한 채 게임을 계속하다가—.

“잊어버릴 무렵에 계정 해킹을 당하지.”

“아아, 혹시 하지도 않는 유명 온라인 게임 계정 확인 메일이 빈번하게 오는 건……."

"운영진에게서 오는 게 아니야. 가짜 메일이야. 명백하게 피싱 사이트겠지."

부정 로그인의 가능성이 있습니다. 로그인해서 확인해주세요— 라는 부정 메일이다.

"나는 메일 계정의 정보를 뺏겼으니까 더욱 위험했어. 설치된 게 LA 콜라보 PC였으니까, 그야 당연히 입력하겠지."

"내부는 어떤가? 피해는 있었나?"

"이제 곧 한 시간이 지나니까, 들어가 보면 알겠지만……."

솔직히 각오는 하고 있었다.

"루시안……."

"진정해, 진정해."

움찔움찔 겁먹은 아코의 머리를 쓰다듬었다.

나 참. 본인보다 동요하다니, 내가 반대로 냉정해지잖아.

"……좋아. 해제됐다."

비밀번호를 복잡한 걸로 변경하고 로그인해봤다.

익숙한 로그인 화면, 캐릭터 선택 화면.

그리고, 그곳에는.

"루시안이……."

"없나."

나의 『루시안』이 사라져 있었다.

"아…… 루시, 안……."

털썩. 아코가 그 자리에서 무너졌다.
자자. 괜찮다니까. 그런 표정 짓지 마.
"진정해, 진정해. 내가 사라진 것도 아니니까."
"그치만 제 루시안이, 루시안이 사라지다니……."
인마. 이건 내 거거든. 내 루시안인데.
그리고 굳이 말하자면 나야말로 루시안이거든.
"사라진 건 어쩔 수 없고, 루시안은 또 만들면 괜찮아. 그보다 되찾을 수 없는 걸 먼저 찾아봐야지."
"되찾을 수 없는 것— 아, 루시안이 가진 아이템……."
소중한 장비나 추억의 물품 같은 게 같이 사라졌다면 농담으로 넘어갈 수 없다.
일단 서브 캐릭터로 들어가서 창고를 확인해봤다.
"으음…… 내 움직임을 눈치채고 먼저 아이템을 회수한 모양이네. 창고 아이템도 위쪽이 많이 사라졌어."
"행동이 빠르네."
"그렇진 않아. 메인 말고는 전부 남아 있고, 창고도 텅 비지 않은 시점에서 행운이라고. 아코가 시간을 끌어주지 않았다면 이 정도로 끝나지 않았어."
남아 있는 아이템이 있다는 것만으로도 다행이다.
캐릭터도 메인인 루시안 말고는 사라지지 않았으니까.
"죄송, 해요."
"그러니까 왜 사과하는데."

"제가 조금 더 루시안과 이야기를 하고 있었다면, 그 사이에."

"인마. 바보 같은 소리 하지 마."

그 가짜가 그 이상 루시안으로서 이야기를 하고 있었다면 내 쪽이 더 열 받았을걸.

"있잖아. 아코. 마음은 알지만, 여기선 미안하다고 하면 안 돼."

"……?"

새빨간 눈이 불안하게 나를 바라봤다.

그 눈동자를 똑바로 마주 봤다.

"아코 넌 말이야. 조금만 안 좋은 일이 일어나면 바로 『그때 이렇게 했었다면』 하고 후회만 하잖아."

"……네."

"나도 그래. 하지만, 그래선 안 돼. 잘 들어. 마법의 주문을 가르쳐줄게."

스읍 크게 숨을 들이쉬었다.

"나는 나쁘지 않아!"

아코가 멍하니 나를 봤다.

"자, 아코도 말해봐."

"어, 저기…… 저, 저는 나쁘지 않, 아요……."

"소리가 작아!"

"저는…… 나쁘지 않아요……."

"좀 더 큰 소리로!"
"저는, 나쁘지 않아요."
"좀 더! 좀 더 뜨겁게 외치라고!"
"저는 나쁘지 않아요오오오!"
"자, 지금 죽었다! 아코의 죄악감은 죽었어!"
"네!"
좋아. 그럼 됐어!
뜨거운 투혼이 아코의 눈동자에서 타오르고 있었다.
"우리는 나쁘지 않아. 결코 나쁘지 않아! 나쁜 건 전부 계정 해커 놈이야!"
"절대로 용서 못 해요. 전력으로 가겠어요!"
"아니, 너희들답긴 하지만……."
왠지 세가와가 어이없어하고 있었다. 뭐야. 우리는 잘못 없어.
우울하게 있어봐야 별수 없다고. 기운차게 나가야지.
"근데 이제부터 어쩔 거야? 호텔 쪽은 선생님이 연락해준다는 모양인데."
"으음. 솔직히 말하자면, 계정 해킹을 당한 경우 어지간한 일이 아니면 사라진 건 돌아오지 않는단 말이지. 약관에도 적혀 있고."
"……그렇게 기운차게 떠들어놓고 그거?"
"별수 없잖아. 역시 기본은 스스로 보호하는 거니까."

온라인 게임에서는 기본적으로 보장되는 게 아무것도 없다.

이건 무슨 소리를 해도 어쩔 수 없다.

거대 회사의 약관 같은 걸 읽어보면 대단하다고. 전력으로, 한 점의 빈틈도 없이『설령 무슨 일이 생겨도 절대 아무것도 보장해주지 않는다.』라고 쓰여 있다니까.

"그래도 당하고만 있는 게 마음에 들지 않는다면, 스피드 승부야."

공식 사이트의 통보 창구를 열었다.

"계정 해킹은 엄연한 범죄 행위라고 선생님도 그러셨고. 운영자도 무시는 못 하겠지. 바로 통보하면 피해를 입었을 때의 접속 IP를 확인해줄 거고, 아이템의 흐름도 쫓을 수 있을지도 몰라."

"공멸까지 끌고 간다는 거네."

"이상은 영구 정지려나."

통보 창구에 상세한 경위를 써서 보고했다. 피해를 입은 일시, 상황, 가능한 한 자세하게.

"우리가 할 수 있는 건 없나?"

"물론 있지. 인원도 필요하거든."

가능한 한 많은 인원이 필요하다. 물론 마스터나 다른 사람들한테도 협력을 받아야겠지.

"저쪽도 스피드 승부야. 어차피 내 아이템을 팔려고 할 테니까, 되살 수 있을 만큼 되사겠어."

"해커한테 돈을 줄 셈이야?"

"화는 나지만, 절대로 놓치고 싶지 않은 것도 있단 말이야."

절대로 누구에게도 넘겨주고 싶지 않은 게 얼마든지 있다.

고가의 장비도, 레어 아이템도 사라져도 되지만, 추억의 물품만은 되찾고 싶었다.

"알았어. 유저 노점이랑 마켓을 돌아볼게."

"나도 내 방의 PC를 쓸까. 상황이 변하면 바로 연락을 다오."

두 사람은 내 어깨를 탁 치고는 서둘러 방을 나섰다.

남은 건 나와 아코, 선생님이다.

"고양이공주 씨도, 부탁드립니다."

"경찰에게 맡길…… 수는 없겠네."

원칙만으로는 추억의 아이템은 돌아오지 않는다. 어쩔 수 없다.

"잠깐 친구에게도 말을 걸어볼게."

"잘 부탁드립니다."

좋아. 일단 필요한 걸 모아서, 범인을 특정하자.

그 빌어먹을 놈, 절대로 용서 못 해.

"미안하지만 아코의 캐릭터를 좀 빌려줄래? 해킹 당한 계정은 가능한 한 그대로 보존해두고 싶어. 쓸데없는 로그를 남기지 않고, 운영진도 파악하기 쉽도록."

"네."

이상한 소프트가 들어 있지 않나 일단 확인한 뒤에 아코의 계정으로 기동.

당연하지만 아코의 캐릭터에는 아무 피해도 없었다. 다행이다.

단지— 장비되어 있는 반지에서 추가 효과가 하나 사라져 있었다.

『루시안』이 사라져서, 아코의 결혼 상태가 해제되어 있다.

"……으."

"그 자식."

"우우우…… 모처럼 결혼했는데……."

"야야, 풀죽지 마."

"네. 네에. 저는 나쁘지 않아요."

좋아 좋아. 그러면 돼. 침울해지면 끝이 없으니까.

"그럼 우리는 어쩔 건가요?"

"일단 전문가에게 상담하자."

아코를 움직여서 한 번 온 적이 있는 대형 길드 집합 장소로 향했다.

휴일 저녁이다. 분명 있으리라 생각한 그 사람은 아니나 다를까 있었다.

◆아코 : 안녕하세요.

◆†검은 마술사† : 어어, 너는 분명…… 루시안의.

드문드문 연락은 하고 있었지만 직접 만나는 건 오래만인 †검은 마술사† 씨. 왠지 겉으로 보이는 장비가 한층 두터워진 거 말고는 아무런 변함이 없었다.

그보다 두터워진 것이야말로 역으로 아무런 변함이 없는 것이리라. 여러 의미로 대단한 사람이다.

◆아코 : 네. 내용물은 그 루시안입니다. 제 계정, 계정 해킹을 당해버려서요.

◆†검은 마술사† : 당한 거냐?

◆아코 : 이런저런 아이템도 도둑맞았고, 캐릭터도 사라졌어요.

◆†검은 마술사† : 딱하게도.

폐인의 계정 해킹에 대한 동정심은 역시 크다.

자신이 갖고 있는 재산이 큰 만큼 상실감도 확실히 이해해준다.

◆아코 : 그러니 잠시 한가한 사람이 있다면 제 장비가 시장에 나오지 않았나 하는 확인을 좀 부탁드리고 싶어요.

◆†검은 마술사† : 그래. 물론 도와줘야지. 다들 잠깐 괜찮나?

바로 말을 걸어주었다. 여기 있는 사람만이 아니라, 다른 캐릭터로 움직이는 사람도 불러와 준 건지 점점 사람이 모였다.

◆아코 : 감사합니다. 도움이 될 거예요.

◆†검은 마술사† : 루시안이 그럴 맘이 있다면, 우리도 움직이겠다만.

◆아코 : 저기, 움직인다뇨?

◆†검은 마술사† : 데모지.

†검은 마술사† 씨가 서슴없이 단언했다.

◆†검은 마술사† : 이번 계정 해킹에 대해선 우리도 움직인다. 구체적으로는 평소에 대립하던 다른 길드와도 연계를 맺어서 단기적으로 새로운 길드를 발족하는 거지. 모두가 놀랄, 호화로운 멤버를 모아주마.

◆아코 : 저, 저기.

"이 사람 뭐라고 말하는 거죠……?"

"아, 아니. 나도 모르겠는데."

잠깐. 왠지 이야기가 거창해졌는데.

점점 다른 방향으로 가고 있잖아.

◆†검은 마술사† : 이 서버 최대의 보스 사냥 길드의 리더, 간부 셋. 서버에서 유명한, 서비스 개시 이래 한 번도 로그아웃 한 적이 없다는 용자, 친구가 200명 있다는 인망의 소유자, 일을 그만두고 모든 직업을 만렙까지 올린 녀석. 더 거론하기에는 끝이 없지만, 나름 한가닥 하는 멤버로 총원 30명은 모을 수 있다.

◆아코 : 그만둬 주세요.

사망 플래그로밖에 보이질 않잖아.

평범하게 한가한 사람만 도와주면 그걸로 충분하다고.

◆†검은 마술사† : 그런가? 친한 GM에게도 말을 걸어줄 수 있다만.

◆아코 : 무서우니까 괜찮아요…….

◆†클라우드† : 이야기는 고양이공주 님에게 들었다!

◆아코 : 아, 정말인가요.

이어서 찾아간 곳은 신흥 종교 고양이공주……가 아니라, 고양이공주 친위대의 아지트.

고양이공주 씨에게 부탁을 받은 †클라우드† 씨와 멤버들은 의욕이 넘치는 모습이었다.

◆†클라우드† : 고양이공주 님의 지인이 피해를 입었다면 우리도 가만히 있을 수 없지. 이미 각지의 유저 노점과 마켓에 사람을 배치해놨다. 일단 풀셋을 팔러 나온 수상한 가게나 자칭 은퇴 노점을 중심으로 보고 있지.

◆아코 : 알기 쉬운 장비가 있으니까 그걸로 부탁드릴게요.

목표를 좁힐 수 있는, 알기 쉬운 장비를 몇 가지 전해줬다.

◆†클라우드† : 좋아. 맡겨만 둬라. 가자, 얘들아.

『오오!』

◆†클라우드† : 우리들의 고양이공주 님을 위하여!

『지크 고양이공주! 지크 고양이공주!』

"뭔가요, 이건……."

"레벨 업했네……."

굉장한 일체감을 느낀다. 지금까지 없었던 뭔가 뜨거운 일체감을.

바람…… 어째서일까, 불어온다. 확실하게, 착실하게, 우리 쪽으로.

어중간한 건 그만두자. 어쨌든 마지막까지 해보는 거야.

인터넷 화면 너머에는 수많은 동료가 있다. 결코 혼자가 아니다.

믿어보자. 그리고 함께 싸우자.

공작원이나 방해꾼이 끼어들겠지만, 절대로 놓치지 말자.

◆고양이공주 : 아니다냐…… 평범하게 부탁했을 뿐이다냐…….

한껏 들떠 있는 일동 뒤에서 고양이공주 씨가 시무룩하게 있었다.

이런저런 지인들에게 부탁을 요청하고 우리도 수색을 하던 중, 드디어 연락이 왔다.

◆애플리코트 : 이 노점이 아닐까 한다만.

◆아코 : 그래. 이거야 이거.

노점에 팔리던 건 좋든 나쁘든 익숙한 아이템.

"이 지팡이, 제 거네요!"

"역시 팔아치우려는 건가."

핑크 스타의 반짝반짝 지팡이. 아코에게서 몰수한 것이다.

때릴 때마다 반짝☆ 반짝☆ 별이 튀어나온다는, 효과 면에서는 쓸모없는 인첸트가 붙어 있다.

하지만 인첸트 난이도가 높기 때문에 가격은 그럭저럭 높단 말이지. 반드시 어딘가에서 팔 줄 알았어.

"이런 영문 모를 물건이 달리 있을 리도 없고, 틀림없이 이 녀석이네."

"애용하던 건데, 영문을 모르는 건가요?!"

전혀 모르겠어. 그리고 거기서 쇼크를 받아도 곤란하다고.

위치, 이름, 캐릭터 ID를 확인하고 스샷을 찍었다.

이것도 통보 창구에 보내두자.

◆애플리코트 : 이제 괜찮나?

◆아코 : 응. 모든 정보는 얻었어.

그러자 가게 안에 있던 것들이 일제히 사라졌다.

◆애플리코트 : 자. 루시안의 장비다— 극히 일부지만.

마스터에게 건네받았다.

이미 팔린 것도 있을 거고, 아직 가게에 내지 않은 것도 있을 거다.

하지만, 틀림없이 내 장비의 일부였다.

◆아코 : 아코의 지팡이는 사지 않아도 되는데.

◆애플리코트 : 신경 쓰지 마라. 자신의 죄악감을 덜고 싶을 뿐이니.

마스터가 신경 쓸 필요 없다고 했으면서.

이 녀석들 전부 좋은 사람들이라니까. 나와 함께 쓸데없는 괴로움을 짊어지다니.

고미워.

◆슈바인 : 나머지는 운영진에게서 연락을 기다리는 것뿐인가.

◆아코 : 그렇지만…… 아직 하나 더, 찾아내야 할 게 있어.

딩동, 효과음이 들렸다.

◆†클라우드† : 이봐, 지금 정보가 들어왔어. 지인이 아이템 드롭몹한테서 비슷한 걸 주운 모양이야. 메일로 그쪽으로 보내마.

◆아코 : 고마워. 확인해볼게.

허둥지둥 메일 박스를 열었다.

뭔가 있었다. 라는 단적인 글자와 함께 첨부된 아이템.

"아코의 링…… 있었나."

"제가 루시안에게 건네준 반지!"

그곳에는 아코에게서 받은 반지가 들어 있었다.

이 게임은 이름 붙은 반지라는 걸 살 수 있게 되어 있다.

그걸 프러포즈 때 사용해서, 성공하면 그대로 전용 결혼반지가 된다. 원래 『아코의 링』이라는 아이템이, 결혼 후에는 『아코의 인게이지 링』이라는 아이템으로 변하는 거다.

만약 프러포즈가 실패하거나, 캐릭터를 지우거나, 이혼하거나 하면 『아코의 링』이라는 이름으로 돌아간다.

몬스터가 갖고 있었다는 건, 필요 없으니까 버린 걸 아이템을 줍는 속성이 있는 적이 회수한 것이리라.

"반지, 돌아왔네."

"다행이다……."

아코가 갖고 있던 반지와, 내가 갖고 있던 반지.

양쪽이 갖춰졌다. 이걸로 일단 전부 다시 시작할 수 있다.

나머지는 그놈이다.

절대로, 절대로, 절대로 용서 못 해.

††† ††† †††

사실은 여기서 1박을 할 예정이었지만, 예정을 앞당겨서 모두 돌아오기로 했다.

나는 그대로 묵어도 상관없다고 생각했지만 선생님이 허가를 해주지 않았다.

사정을 들은 호텔 측이 계속 사과를 해서 내가 다 미안할 정도였다.

그리고 집에 돌아와 잠들지 못한 밤을 보낸 다음 날.

사정 설명이다 뭐다 해서 나는 마에가사키 학교로 불려왔다.

"계정 해킹을 당했는데 학교로 불려오다니 별난 이야기네."

"사실은 별난 게 아니지. 우리는 학교가 관할하던 합숙 중에 범죄 피해를 입은 거니까."

"이유야 알긴 하지만."

마스터가 부장으로서 함께 사정 설명을 와준 덕에 그다지 큰일은 벌어지지 않았다. 『게임을 뺏겨서 되찾았다, 그 정도의 이야기입니다.』라는 설명을 들은 고령의 교사진은 모두 납득했고, 위험한 행동을 하지 말라는 설교를 한바탕 듣고 해방되었다.

나도 범죄라는 말을 들으면 호들갑스럽다고 생각할 테니까, 대충 넘어간 건 기뻤다.

단, 그렇다고 화가 나지 않느냐고 묻는다면, 그건 또 다른 이야기다.

"……저기, 마스터."

"왜 그러나."

"나 말이야. 스스로도 놀랄 정도로 울화통이 터져."

"소중한 아이템을 도둑맞았다. 애착이 있는 캐릭터가 지워졌다. 루시안의 그건 당연한 분노 아닌가?"

그건 그렇지만, 그게 아니라.

"뭐랄까, 설명하긴 어렵지만…… 아이템을 뺏긴 것도 화가 나고, 내 캐릭터가 지워진 것도 짜증 나지만, 그 이상으로. 그 녀석이 『루시안』인 척 하고 아코와 대화를 나눴다는 게 가장 용납을 못 하겠단 말이지."

"…………그런가."

마스터가 조용히 끄덕였다.

"그 녀석이 『루시안』인 척 하고 모두에게 폭언을 지껄여서 미움을 받았다면 어땠을까 생각하는 것만으로도 오싹해지고, 내 아코가 잠깐이나마 타인에게 뺏겼다는 것도 싫고. 만약 아코가 『루시안』이 가짜라는 걸 깨닫지 못하고 험한 꼴을 당했다면 어땠을까 상상하는 것만으로도—."

"항상 존재할 수 있는 위험이긴 하군."

마스터는 눈을 감고 씁쓸하게 말했다.

"인터넷을 통한 관계는 언제나 본인 확인이 어렵지. 홈페이지 강탈이나 위장은 옛날부터 일상적으로 발생했고, 항상 문제시되고 있다. 계정만 강탈하면 손쉽게 타인으로 둔갑할 수 있는 온라인 게임에선 더하지."

"둔갑이라……."

온라인 게임과 현실은 다르다고 생각했다.

전부 다른 거라고, 현실은 신경 쓰면 안 된다고.

그렇기 때문에, 내 온라인 게임 속 인간관계가 이렇게 간단히 빼앗길 수 있었다는 게 정말로 쇼크였다.

"이렇게 무르달까, 위험하달까. 불안정한 거였구나, 우리의 유대는."

"그리 나쁘게 말할 것도 아니다."

내가 자조를 섞어 말하자, 마스터는 천천히 눈을 뜨며 말했다.

“아코는 문자만의 대화로 루시안이 다른 사람이라는 걸 간파했지. 그게 간단한 일로 보이나? 생각해봐라. 문자만으로 이루어지는 작은 커뮤니케이션으로 상대의 동일성을 측정할 수 있는 인간관계가 얼마나 되지? 그건 확실한 유대의 증표라고 생각해도 좋을 거다.”

“유대라…… 그러네. 그럴지도.”

“그렇지?”

유대는 있다. 나와 아코에게는, 나와 모두에게는, 유대가 있다.

누구에게 자랑해도 좋을 유대가 있다.

그렇게 생각하니— 더욱더 화가 나서 견딜 수 없단 말이지.

“왠지 더욱더 그놈을 용서 못 하게 됐어.”

“동감이다. 운영진에게서의 대답은 아직인가?”

“사태가 사태니까 곧 올 거야. 돌아가면 확인해볼게.”

일단 거기부터다.

운영 팀이 확실히 확인해서 곧장 대처해준다면 그걸로 좋다.

하지만—.

“만약 운영진이 그놈을 놓친다면…….”

“그래도 우리 현대통신전자 유희부는 절대로 놈을 놓치지 않겠다."

자신감과 결의로 가득한 마스터의 목소리가 마음을 달래 주었다.

"……미안. 고마워."

"길드 마스터 아니냐. 맡겨둬라."

훗훗훗 하고 악당 같은 표정으로 웃으며, 길드 앨리 캣츠의 마스터는 그렇게 자부했다.

귀가해서 곧장 확인하자 『레전더리 에이지 운영 팀』에게서 메일이 와 있었다.

서둘러 LA에 로그인해서 연락했다.

◆루시안(임시) : 어이, 운영 팀한테서 연락 왔어.

◆슈바인 : 겨우 왔나…… 그보다 루시안, 그 이름 센스는 『루시☆안』을 비웃을 수 없겠는데.

시끄러. 알기 쉬운 게 최고잖아.

해킹당한 계정은 들어가지 않고 놔뒀으니까, 계정을 하나 더 만들었다고.

자, 그럼. 메일 내용은…….

레전더리 에이지 운영 팀입니다.

고객님께 받은 문의 내용에 대해 안내해 드리겠습니다.

이번에 고객님께서 문의해주신 시간의 접속 상황을 조사한 결과, 복수 IP에 의한 접속과 연계된 비밀번호 변경을 확인하였습니다.

통상적인 상황이었다면 고객님의 컴퓨터 내부에 위험한 소프트웨어가 존재하고 있을 가능성을 염두에 두고 대응 안내를 해드렸겠습니다만, 이번에는 LA 콜라보레이션 호텔 내부에서의 부정 로그인 행위이기에 운영 팀에서도 현 상황을 매우 우려하고 있습니다.

보고해주신 컴퓨터의 사용 금지와 상황 확인을 진행하고 있으며, 이후 다시금 연락을 드리는 형태가 되리라 생각됩니다.

큰 피해와 염려를—.

◆루시안(임시) : 의외로 제대로인데.

매크로 답변이 올 거라 생각했는데 꽤나 진지하게 대응하는 느낌이다.

◆애플리코트 : 콜라보 호텔과의 관계도 있으니 어물쩍 둘러대는 대응은 하지 않겠지.

◆루시안(임시) : 이거 조금은 기대해 볼만 한데?

의외로 어떻게든 되지 않을까 하는 약간의 희망이 생겼다.

여름 방학 때는 계속 있겠다고 했던 아코는 오늘은 로그인하지 않았다.

—그때, 화면 아래쪽의 채팅 메시지가 빛났다.

◆†검은 마술사† : 루시안, 조금 좋지 않은 정보를 찾았기

에 연락하고 싶다.

믿음직한 †검은 마술사† 씨에게서 온 연락이었다.

◆루시안(임시) : 네. 무슨 일이시죠?

이 이상 나쁜 정보가 있나?

뭐든지 와라.

◆†검은 마술사† : 이 URL을 한번 봐라.

◆루시안(임시) : 으음…….

열어보자 어디에나 있는 블로그였다.

단, 그 제목은―.

LON의 LA 사기 블로그.

◆루시안(임시) : 대체 뭔가요, 이 웃기는 제목은.

◆†검은 마술사† : 그게 장난치는 게 아니다. 각종 게임에서 각종 사기 행위를 저지르는 유명한 사기꾼의 블로그거든.

유명 사기꾼……?

어, 그렇다는 건, 설마.

불길한 예감이 들어 살펴보니, 그곳에는 어디서 많이 본 스크린샷과 함께 일기가 쓰여 있었다.

이번에는 오프라인까지 이용해서 공들인 사기에 도전.

콜라보 호텔까지 가서 들키지 않을 것 같은 PC에 어떤 URL을 사전에 열어두었다. 멀웨어도 스파이웨어도 설치하지 않았다. 공개된 PC에 특정 URL을 열어뒀을 뿐이다. 나는 아무 잘못도 하지 않았어. 쓴 놈이 잘못이야.

이미 당한 나는 잘 안다. 그 PC다.

뭐기 내 잘못이냐, 이 자식이.

간단히 걸려버린 바보를 즉시 해킹.

아무래도 신부랑 채팅 H 직전인 듯ㅋ

호텔 안에서 찍은 아코 방의 스샷이 그대로 게재되어 있었다.

그러나 금방 들킴ㅋ

수상해하는 아코.

그리고 루시안은 그런 말을 하지 않아요! 라고 단언한 스샷도 있다.

냉큼 아이템을 회수해서 도망.

곧바로 동결되어서 수입은 적은 데다, 문란한 행위를 막는 정의로운 행동을 해버리다니 정말 나답지 않군.

경계도 하지 않고 콜라보 따위로 들뜬 녀석들에게 다음에는 제대로 깨닫게 해주마.

◆루시안(임시) : ……뭔가요, 이게.

◆†검은 마술사† : 보이는 그대로지.

이 녀석이 내 계정에 들어가는 부분부터 가짜라고 들키는 부분까지, 모든 게 익살맞게 쓰여 있었다.

게다가 뭐야, 정의로운 행동이라니.

정말로 쓰레기 같은 놈이잖아.

◆루시안(임시) : 그러고 보니 제 아이템을 팔던 녀석도, 이름이…….

◆†검은 마술사† : 론, 이라는 상인이었지.

이 녀석 숨길 생각이 없네!

완전 관심종자 같은 사기꾼이잖아!

◆†검은 마술사† : 이 블로그 URL은 내 쪽에서 운영진에게 보내놨다. 네 쪽에서도 보내두면 좋겠지.

◆루시안(임시) : 고맙습니다.

전해 듣지 못했다면 이런 녀석을 내버려 두고 있었을지도 몰랐던 건가. 젠장.

지금 쓰는 서브 계정으로 이 블로그를 운영진에게 보고해두자.

보고해서 어떻게 될지는 모르겠지만…….

◆슈바인 : 무슨 일이냐? 루시안.

◆루시안(임시) : 그게…… 잠깐 이거 봐봐.

두 사람에게 블로그 URL을 알려줬다.

잠시 뒤, 슈바인이 외쳤다.

◆슈바인 : 뭐야 이건.

◆루시안(임시) : 본 그대로지.

◆슈바인 : 웃기고 있어…… 웃기지 말라고 이 ※※※놈! ※※※※를 짓뭉개서 ※※※로 만들어줄까. 진짜로

※※※※네!

◆루시안(임시) : 어이, 필터 필터.

화내주는 건 기쁘지만, 이러면 무슨 말 하는지 모르겠다고.

◆애플리코트 : ……길드 마스터로서 가급적 문란한 행위는 삼가줬으면 한다만.

◆루시안(임시) : 안 했다고!

지적하는 게 거기야?!

◆애플리코트 : 물론 농담이다. 분위기를 타고 말았군.

부탁 좀 하자. 정말로.

자, 그럼. 나머지는 노점을 감시하는 것 말고는 할 것이 없다.

게다가 되살 돈도 없고…… 어쩔까.

이렇게 되면 이놈의 블로그를 샅샅이 뒤져서—.

◆GM01 Nyack : 안녕하십니까.

—으응?

◆루시안(임시) : 어?

◆애플리코트 : 이번에는 뭔가.

◆루시안(임시) : 갑자기 화면 위에 누군가의 채팅이…….

마치 끼어들어온 것처럼 금색 채팅 문자가 화면에 나왔다.

이건, 음, 어, 그건가?

◆루시안(임시) : GM 씨?

◆GMO1 Nyack : 네. GMO1 냐크입니다.

잘 모르겠지만 냐크 씨라는 모양이다.

그런데 무슨 일이지, 라고 생각한 다음 순간.

◆슈바인 : 뭐, 뭔가 나왔어!

아무것도 없던 곳에 불쑥 캐릭터가 솟아올랐다!

굉장해, 법칙 같은 건 완전히 무시하잖아. 이게 GM인가.

근데 갑자기 GM이 오다니, 어어, 뭐지, 대체 무슨 일이지.

◆GMO1 Nyack : 이번 계정 해킹 피해 관련으로 운영 사이트에서 확인을 취했습니다. 그에 따라 해킹 행위를 했다는 통보가 있던 플레이어에 대해 고지를 해드리겠습니다.

◆루시안(임시) : 아, 네.

그 아코의 지팡이랑 내 장비를 팔아치운 녀석인가!

그래. 그 녀석이 내 계정에 들어간 LON이란 녀석이라고!

어쩔 거야. 영구 정지인가?

일시 정지라면 화낼 거야.

◆GMO1 Nyack : 통보가 있었던 캐릭터에 부정행위는 확인되지 않았습니다.

◆루시안(임시) : ……네?

확인되지 않았다, 라고?

◆애플리코트 : 그건 구체적으로 무슨 뜻입니까?

◆GMO1 Nyack : 상세한 사항에 대해서는 답변해드릴 수

없습니다. 통보 내용은 수리되지 않았습니다, 라는 것만 전해드리겠습니다.

공무원 같은 대응이구만!

알고야 있지만, 정보를 줄 수 없는 건 알고 있지만!

◆루시안(임시) : 요컨대, 아이템을 파는 플레이어와 계정에 접속해 있는 IP가 다르다, 그런 건가요.

◆GM01 Nyack : 답변해드릴 수 없습니다.

냐크 씨는 말은 그렇게 하면서도 침통한 얼굴 마크를 띄웠다.

아아, 왠지 알겠다. 아마 그런 거다.

◆슈바인 : 저 정도의 인간이, 실제로 일을 저지를 때 집에서 할 리가 없다는 거구만.

◆애플리코트 : 서버 로그를 통한 아이템 추적 같은 건 어떻습니까?

◆GM01 Nyack : 기술적인 문제도 있어서 어려운 상태입니다.

◆루시안(임시) : 젠장…….

사면초가인가.

이 녀석이 했다는 건 알고 있는데도 증거가 없으면 아무것도 못 하는 건가.

◆GM01 Nyack : 분개하시는 건 이해합니다.

◆GM01 Nyack : 이번 부정행위 피해는 호텔 안에서 접

속해야만 참가할 수 있는 이벤트에서 일어난 일로, 진행에 커다란 문제를 초래했습니다.

◆GM01 Nyack : 제보해주신 블로그를 확인하고 있습니다.

◆GM01 Nyack : 저희 쪽에서도 가능한 한 대응을 해나가고 싶습니다만, 그럼에도 한계가 있는 점을 사과드립니다.

◆루시안(임시) : 네…….

뭔가 의외로 이야기가 통하는 GM이었다.

GM이라면 플레이어인 척을 하고 레어 무기를 초강화해서 전 서버에 확성기로 자랑하는 사람이나, 아는 플레이어한테 복사 아이템을 뿌리는 사람만 있는 줄 알았다.

하지만 GM이 제대로 일을 한다 해도 붙잡을 수 있다는 보장은 없었다.

IP로 접속하는 곳을 확인할 수 있는 건 경찰 정도지만, 그걸 통보할지는 운영진의 판단이다. 현재 상태로는 혹시 내가 거짓말을 하고 있는지에 대한 구별도 되지 않는다고 생각한다.

◆애플리코트 : 이대로 가면 현거래로 현금으로 바꾸면 끝인가.

마스터가 침통하게 말했다.

◆루시안(임시) : ……현거래?

◆애플리코트 : 현금 거래, 게임 속 돈과 현금을 거래하는 행위다만— 루시안, 몰랐던 거냐?

아니, 그게 아니고.

확실히 이 빌어먹을 놈의 블로그에 현거래를 한다고 쓰여 있던 기억은 난다.

그것도 위험한 돈이다. 당장 환금하고 싶을 터.

그렇다는 건…….

◆루시안(임시) : 아직이야.

아직 남아 있는 GM 씨에게 물었다.

◆루시안(임시) : 만약에 말인데요, 이쪽에서 무슨 행동을 일으키면 운영진도 움직여줄 겁니까?

◆GM01 Nyack : ……정보가 늘어난다면 취할 수 있는 대응도 늘어납니다.

좋았어. 그거면 충분해!

모으면 되잖아, 이 녀석이 범인이라는 정보를!

◆루시안(임시) : 알겠습니다. 다시 연락할게요.

◆GM01 Nyack : 그럼 실례하겠습니다.

냐크 씨는 왔던 때와 마찬가지로 아무 전조도 없이 사라져버렸다.

냐크 씨 쪽에서도 그 녀석을 어떻게든 하고 싶다는 마음이 느껴졌다. 그리고 우리는 원래부터 포기할 생각은 조금도 없다.

그럼 할 수 밖에 없다. 일단 움직이자.

◆루시안(임시) : 작전을 생각할 테니까 도와줘. 우리도 지

금부터 블로그를 만들자. 블로그.

◆슈바인 : 블로그? 사기 피해 블로그?

아니, 그런 걸 만들어봐야 소용없잖아.

◆루시안(임시) : 아니야. 사기 블로그야. 그 론이라는 녀석을 끌어들일 정도의 사기 블로그라고.

◆애플리코트 : 그런 걸 만들어서 어쩔 거냐?

◆루시안(임시) : URL을 보내주는 거지. 이렇게 호기심이 강해 보이는 녀석이니 비슷한 블로그가 있으면 반드시 보러 올 게 틀림없어. 그러면 범인의 IP를 알 수 있잖아?

자기가 만든 블로그라면 찾아온 사람의 IP를 확인할 수 있다.

전혀 공개되지 않은 블로그를 만들면 그 녀석의 IP만을 수집할 수 있을 것이다.

◆애플리코트 : 하지만 그런 걸로는 아무 증거도 되지 않는다만?

그야 IP 따서 통보해도 의미는 없지.

기왕 하는 거면 좀 더 거창하게 해야 해.

◆루시안(임시) : 블로그를 만드는 건 서장에 불과해. 중요한 건 이후부터야.

당하면 되갚아준다.

사기를 당한 이상 이쪽도 사기를 쳐주마.

◆루시안(임시) : 톡톡히 깨닫게 해주겠어. 부탁해, 도와줘.

◆슈바인 : 좋았어. 한번 거들어주지.

◆애플리코트 : 두 번 말하지 않으마. 맡겨둬라.

다들 고마워.

고양이공주 씨는— 선생님은 역시 말려들게 할 순 없겠지.

◆루시안(임시) : 좋아. 그럼 길드 앨리 캣츠, 지금부터 굉장히 나쁜 짓을 하자.

만드는 데 반나절이나 걸렸지만 만들어진 블로그는 내가 봐도 상당히 악랄했다.

여러 사람의 도움을 받아 사기를 저지르는 척하는 스샷을 대량으로 모았다.

그중에서도 유명인인 †검은 마술사† 씨에게서 고액 아이템을 훔쳐내는 사진이나, 요즘 이름이 널리 알려진 고양이공주 친위대에게서 회비를 모으는 이야기 같은 건 나름 괜찮은 완성도라고 생각한다.

단지 이쪽의 다른 점은, 사기를 치는 블로그라는 사기를 치고 있다는 것이다. 실제로 이런 짓을 한 건 아니다.

게다가 다른 멤버와도 협력해서 필사적으로 사전 준비를 진행했다.

내 방 컴퓨터에서 키보드를 타닥타닥 치면서 LA 안에서 연계를 취했다.

◆슈바인 : 1년 전부터 3개월 전까지의 로그, 일단 거의 완성됐다.

◆루시안(임시) : 땡큐. 이쪽도 최근까지의 로그를 만들었어. 나머지는 사이트 디자인이야.

◆애플리코트 : 그쪽은 마쳤다. 로그도 3년 전에서 반년 전까지 끝내뒀다.

◆루시안(임시) : 빨라!

블로그가 완성된 뒤부터 반쯤 철야로 작업을 계속하고 있는데 마스터만 상당히 작업이 빠르네. 저 사람은 정말로 잘 모르는 점에서 스펙이 높단 말이지.

하긴, 그런 좋은 점이 언제나 쓸데없는 방향으로 향하고는 있지만.

"좋아. 윤곽이 거의 잡혔네. 이제 마스터의 디자인을 적용해서……."

으음 하고 기지개를 켰다.

시험 기간 직전보다 훨씬 집중했던 모양인지 뚜둑뚜둑 뼈가 울렸다.

아, 아프네. 그리고 엄청나게 졸려. 하지만 자고 있을 여유는 없단 말이지.

그래도 별수 없으니 당장 작업을 —딩 동 — 진행해야……?

어라? 귀를 기울이자 다시 딩동 하고 벨이 울리는 소리가 들렸다. 이 익숙한 소리는 우리 집이다. 이런 타이밍에 손님이라니. 수상쩍은데.

◆루시안(임시) : 누가 온 것 같으니까 갔다 올게.

◆애플리코트 : 으음? 이런 시간에 손님이?

◆루시안(임시) : 사망 플래그 같은 소리 하지 마.

낮이라고. 평범하게 손님이 오는 시간이야.

그런 채팅을 치는 사이에도 딩동딩동 다시 소리가 났다.

"네네, 알았어요. 알았다고요. 금방 갑니다."

컴퓨터 책상을 벗어나서 방을 나왔다. 2층의 내 방에서 현관으로.

아아, 그러고 보니 누가 왔는지 확인을 안 했네…… 라는 생각을 했지만, 아무래도 철야를 해서 말이지. 이제 졸리고 또 졸려서 아무래도 좋았다.

"네에, 누구신가요."

느릿하게 현관문을 열고, 바깥의 빛에 흡혈귀처럼 눈을 가늘게 떴다. 우웃, 눈부셔.

그 앞에는.

"에헤헤…… 와버렸어요."

쑥스러운 미소를 짓는 아코가 있었다.

—그래서, 바로 문을 닫았다.

"에, 에에에에에?!"

흐릿한 아코의 목소리를 흘려 넘기고, 왠지 모르게 그냥 자물쇠도 잠갔다.

"자, 작업을 계속해야지."

그러자 쾅쾅쾅철컥철컥철컥딩동딩동딩동, 하는 엄청난 소리가—.

"루시안!"

우와, 문을 두드리고 있잖아! 아코가 두드리고 있어! 무서! 빚쟁이냐! 알았어. 열게. 지금 연다니까!

허둥지둥 현관문을 열자, 반쯤 울상인 아코가 뛰어들었다.

"왜 닫은 건가요오오오오."

"왠지 모르게 반사적으로."

나도 잘못했지만 아코가 한 말도 잘못이다. 요괴 월요일이냐, 무심코 닫아버렸잖아.

그보다 그 이상으로 지적할 게 산더미처럼 있는데.

"어어…… 일단, 어떻게 우리 집을 아는데?"

내가 묻자, 아코는 조금의 악의도 없이 대답했다.

"루시안이 온라인 게임 계정을 만들 때 살짝 보고 기억했어요."

"하는 짓이 완전히 스토커잖아?!"

"물으면 가르쳐줄 거라 생각했으니까, 훔쳐봐도 똑같지 않나~ 해서."

"그렇게 생각했다면 그냥 물으라고!"

큭. 이럴 줄 알았으면 등록 주소를 국회 의사당 부근으로 해둘 걸 그랬어.

완전히 약관 위반이고, 문제가 생기면 곤란하니까 안 하겠지만.

"그리고 루시안도 어째서인지 저희 집 알고 있었잖아요."

"나는 괜찮아."

"불합리해요!"

나는 아코네 주소를 몇 번이나 입력한 탓이니까. 이 녀석하곤 다르게 훔쳐보고 익힌 건 아니라고. 결코 끼리끼리 부부가 아니란 말이야.

"하아…… 뭐 이야기는 안에서 할까. 들어와."

"네. 다녀왔어요."

아코는 딱히 사양하지도 않고 집에 들어왔다. 오히려 귀가한 듯한 분위기다.

"여기가 너네 집이냐."

"남편의 친가는 제 친가인데요?"

"……고풍스런 신부네."

사뭇 당연한 얼굴로 말하지만, 그런 건 요즘 좀처럼 없단 말이지.

"자, 그럼."

앉아서 가방을 놓은 아코는 반짝반짝 빛나는 눈으로 말했다.

"제— 루시안의 방은 어디인가요?"

"들어오지 마."

"즉답인가요?!"

당연하지. 아무 준비도 하지 않은 상태로 여자아이를 방에 들일 수 있을 리가 있냐.

아직 업뎃이 안 됐다고. 맵 끄트머리에 명백하게 들어갈 수 있는 구조인데 보이지 않는 벽에 가로막힌 진입 금지 구역이랑 마찬가지라니까. 만약 들어갔다간 정지 먹을걸.

그리고 아코, 자기 방이라고 말하려다 만 게 왠지 더 무섭다만.

"그리고 내 방은 어질러져 있으니까, 거실에 있어."

"제가 청소할까요?"

아코가 스윽 팔을 걷어붙였다.

"즉, 나보고 죽으라고?"

"그, 그런 말은 안 했어요."

말했어. 말한 거나 마찬가지야.

애초에 타인이 대신 정리를 해준다니 대체 무슨 고문이야. 남자 방에는 여자아이에게는 보여줄 수 없는 게 잔뜩 쌓여 있단 말이야.

"괜찮아요. 설령 루시안의 침대 밑에 어떤 비밀이 숨어 있어도, 저는 아내로서 모두 받아들일 테니까요! 철도 모형을 버리거나 하지도 않을 거예요!"

"노는 애 같은 아이돌 사진집 같은 게 있으면 어쩔 건데."

"숙청하겠어요."

"받아들이라고!"

역시 왕거짓말이잖아!

사진집 같은 건 딱히 갖고 있지 않지만, 무서우니까 거실에 있으라고 밀어붙이자.

"앉아 있어. 뭔가 마실 거라도 찾아올 테니까."

"네."

아코가 소파에 앉았다. 익숙한 곳에 익숙한 상대가 있는 것뿐인데 왠지 신기한 위화감 같은 게 있었다.

"저, 루시안의 부모님은요?"

"어머니는 외출했어. 아버지는 일."

그리고 여동생도 외출. 여름 방학이고, 평일 낮이니까.

그나저나 어머니가 없어서 다행이야. 친구조차 거의 데려오지 않는 내가 여자아이를 데려왔다간 대체 얼마나 좋아할지 모르겠거든.

"아, 홍차 팩이 있네. 이걸로 괜찮아?"

"네에~."

대충 차를 넣고 돌아오자 아코는 복잡한 표정을 짓고 있었다.

"둘뿐이라 아쉬운 듯한, 안심한 듯한……. 빨리 인사를 하고 싶었는데요."

"대체 무슨 소리를 할 셈이야."

"아드님이 저를 가져가게 해주세요!"

"의미를 모르겠네!"
일본어가 이상하고, 말하는 것도 이상하고, 전부 이상해!
조금 전부터 이것저것 지적할 게 너무 많아서 숨이 막혔다.
"으으, 가뜩이나 졸린데 더 지치네."
"그런 것 같네요. 루시안의 눈에 굉장한 기미가……."
"진짜 졸리다고. 실질적으로 어젯밤은 자질 않았으니까. 크으, 졸리네."
"지옥의 루시안 같은 소리를!"
실질적이고 뭐고 정말로 자지 않았을 뿐이지만.
"그래도 아직 하루 철야니까 괜찮아. 앞으로 이틀 철야까지 할 예정이고."
"그러다 죽을 거예요!"
"녀석을 해치울 수 있다면 바라던 바야……."
문득 아련한 시선을 보내던 나에게 아코가 필사적으로 고개를 내저었다.
"안 돼요! 이 나이에 미망인은 싫어요!"
또 그 소리냐. 게임과 현실은 다르니까 미망인이고 뭐고 없잖아.
너는 처음부터— 아니 잠깐.
지금 문득 떠오른 건데.
"야, 아코. 우리는 이미 부부가 아니잖아?"
"후에?"

멍하니 있던 아코에게 말했다.

"그치만 봐봐, 『루시안』은 사라졌잖아. 반지에서도 내 이름이 사라졌고."

이제 와서 하는 이야기긴 하지만 『루시안』이 사라지고, 반지에서도 인게이지 글자가 사라지고, 아코의 결혼 상태도 해제되었다. LA 내부의 스테이터스로 생각하면 나와 아코는 이미 부부도 뭐도 아니다.

"———."

아코는 입을 쩌억 벌리고 한동안 굳어져 있다가 힘차게 일어섰다.

"이, 이혼인가요?!"

"이혼이라기보다는, 결혼 관계의 소멸이랄까."

나와 아코가 부부였던 사실이 없던 게 되었다는 거다.

"근데 눈치채지 못했던 거야?"

꽤나 쇼크 받았었잖아. 『루시안』이 사라졌을 때.

"루시안이 사라진 게 쇼크라서…… 설마 이혼이라니."

전(前) 나의 신부는 잠시 아연실색하고는 탁탁 강하게 테이블을 내리쳤다.

"무, 무슨 짓을 한 건가요. 이 가짜 루시안은! 설마 이런 극악인이었다니!"

"화내는 게 늦어! 왜 내가 이렇게 화가 나서 이것저것 하고 있다고 생각한 건데!"

"캐릭터가 사라지고 장비도 뺏겼으니까 화내는 것도 당연하구나 싶어서."

"그야 그것도 화가 나지 않은 건 아니지만……."

그 이상으로 화날 일이 있었다고. 아코를 울렸다든가, 아코를 슬프게 했다든가, 아코를— 아니, 말하진 않겠지만.

"그렇다는 건, 지금 저와 루시안의 관계는……."

"……친구?"

"그, 그럴 수가……."

네가 내 고백을 무시했으니까, 라는 생각에 조금 원망을 담아 말하자 아코의 얼굴에서 핏기가 사악 가셨다.

이런 말 하면 안 되긴 하지만 이렇게 쇼크를 받는 게 기쁘기도 했다.

"저기…… 이제 부부가 아니라면, 이런 건 주제 넘는 짓이었나요?"

"으응?"

아코가 조심조심 들고 온 가방에서 꾸러미를 꺼냈다. 안에는 도시락 통. 그거구나. 학교에서도 받던 거랑 똑같은 거.

"무슨 일을 하는지는 전혀 모르겠지만, 무척 애쓰고 있는 것 같아서 약소하지만 간식을 드릴까 생각해서……."

"우와, 진짜냐. 엄청 기쁜데. 고마워."

아무도 없어서 점심 어쩔까 고민하던 차였다.

무엇보다도 아코가 나를 봐주고 있었던 것에 기운이 났

다. 내가 노력하는 이유를 새삼 인식했다. 내가 생각해도 단순하지만, 마지막까지 전력으로 하자는 마음이 샘솟는다고.

"덕분에 의욕이 났어. 전부 원래대로 돌아가는 건 아니지만, 우리는 틀림없이 되갚아줬다! 그런 좋은 추억이 될 정도로는 어떻게든 해볼게."

"그건, 저를 위해서인가요?"

아코가 조금 불안하게 말했다.

너만을 위해, 라는 건 아니지만 말이지.

"으음, 오히려 우리를 위해서려나."

"그건 굉장히 기쁘지만…… 무리하지는 말아주세요. 루시안이 건강하게 있어주는 게 가장 중요하니까요."

조금 걱정스럽게 말했다.

소중한 사람을 응원하고, 하지만 걱정하며 곁에 있어주는 사람의 말이었다.

괴, 굉장한데. 평범하게 걱정받았어. 뭔가 확실한 애정 같은 게 느껴졌다고.

"……아코, 지금 그건 지금까지 네가 했던 말 중에서 최고로 신부 같았어."

"지금은 신부가 아닌 건가요?!"

어째서?! 라고 경악하는 아코의 머리를 엉망진창이 될 만큼 어루만졌다.

신부라는 설정이 사라져도 역시 넌 내 신부라니까.

"좋아, 나는 하겠어. 해내겠어. 밥 먹고 당장 작업이다."

"네. 루시안 대승리로 끝내주세요."

머리에 놓인 손을 본 아코는 눈을 가늘게 뜨며 기분 좋게 말했지만—.

"—글쎄다, 그건 좀 무리일지도."

"……응? 네?"

"아니, 아무것도 아냐. 맞다, 아코. 먹을 걸 가져와 줬는데 미안하지만, 부모님 오시기 전에는 돌아가라?"

"우우우우, 부부가 아니니까 불평할 수가 없어요!"

아코는 진심으로 분한 듯이 신음했다.

이후 모든 준비가 끝나는 데 꼬박 하루가 걸렸지만, 마지막까지 노력할 수 있었던 건 아코 덕분이라고 생각한다.

노력한 보람이 있었다. 모든 것이 예정대로 진행됐다.

하지만 미안하다, 아코. 그다지 가슴을 펼 만한 건 아니야.

우리, 나쁜 짓을 할 준비를 하고 있거든.

††† ††† †††

그리고 며칠 후, 우리는 현대통신전자 유희부 부실에 집합했다.

"슬슬 시간이 다 됐군. 준비는 됐나?"

"문제없어."

"오케이야…… 아니, 딱히 내가 할 일은 없지만."

"괜찮긴 하지만, 저기……."

아코는 우리가 뭘 꾸미고 있는지 아직 모른다.

그 어깨를 두드리면서 힘차게 웃고— 그렇게 보이면 좋을 거라 생각하면서, 그저 웃었다.

"뭐, 보고 있어. 오늘은 복수의 날이야. 우리도 당하고만 있을 순 없다고."

"……네."

시계 바늘이 오후 세 시를 가리켰다.

약속한 시간이다.

"시작하자."

"작전 개시."

"작전 개시, 라저(Roger)."

"라, 라저?"

우리는 미리 준비해둔 초기 레벨 캐릭터를 켰다.

이름은 루시안에서 따와서, 피로시키 군.[#10]

피로시키 군을 움직여서 수도 뒤편, 인적이 드문 골목으로 향했다.

골목 중앙에서 기다리고 있으니 전방에서 비슷한 초기 장비 캐릭터가 걸어왔다.

#10 피로시키 군 일본에서는 칵테일 블랙 러시안을 블랙 루시안이라고 한다. 거기서 러시아의 음식 피로시키를 따온 것.

이름은 론. 젠장, 그냥 뻔히 알겠네. 웃기고 있어.
"좋아. 타깃 확인. 틀림없어."
"작전을 페이즈 2로 이행할게."
"페이즈 2 확인. 플랜 N을 스타트."
"저, 저기, 아까부터 뭘 하시는 건가요?"
됐으니까 너는 보고만 있어. 중요한 일이니까.
이윽고 초기 장비 캐릭터는 내 앞에서 멈췄다.
화면 중앙에 나오는 트레이드 요청 마크.
느긋하게 뜸을 들인 후 트레이드를 수락했다.
"플랜 N, 어떻게 됐어?"
"대응을 기다리는 중이다. 30초."
"니시무라, 버틸 수 있을 것 같아?"
"버틸 수밖에 없잖아!"
말없이 시작되는 거래.
상대는 거액의 현금을 거래 윈도에 내놓고 트레이드 요청을 보내고 있었다.
서로 아무 말도 나누지 않았지만, 화면 너머에서 당장 OK를 누르라는 압박감이 전해지는 것 같았다.
"마스터, 아직 멀었어?"
"15초."
"큭, 빠듯하네."
"……저기, 저를 내팽개쳐 둔다는 느낌이 들어서, 굉장히 쓸쓸한데요."

이대로 거래를 종료할 수는 없다.

조마조마하며 기다렸지만— 젠장, 저쪽에서 취소해버렸어!

"페이즈 2 실패. 페이즈 3으로 이행하겠어!"

"남은 시간 5초, 페이즈 3이 성공하면 아직 가망은 있다."

좋아. 부탁하마.

거래가 취소된 후, 상대가 떠나기 전에 이번엔 내 쪽에서 트레이드 요청을 보냈다.

거래를 하고 싶었지만 조금 문제가 있어서 시간이 걸렸을 뿐이다, 라고 생각하게끔.

이번에야말로 제대로 한다. 그런 의지를 담아서.

이윽고 다시 트레이드 윈도가 열렸다.

다시 한 번 쌓이는 거액의 현금.

"어이, 플랜 N은 아직이야? 아무리 그래도 이제 한계라고."

"기다려라. 앞으로 조금, 앞으로 조금이다—— 좋아, 왔다."

마스터의 말과 동시에 화면이 하얗게 바뀌었다.

순간적인 로딩 시간을 거쳐서 표시된 것은 투기장 중앙 같은 공간.

◆GM01 Nyack : 안녕하십니까.

그리고 당연한 듯이 앉아 있는, 게임 마스터의 모습.

◆GM01 Nyack : 왜 이곳으로 전송되었는지 아시겠습니까?

◆론 : ……엥?

"좋았어어어어어어어어!"
"낚았다!"
"월척이요!"
"어, 어어, 저기, 에에?"
환호성을 지르는 우리를 보며 아코가 허둥지둥 당황했다.
나중에 설명해줄 테니까 같이 기뻐해 두라고!
◆GM01 Nyack : 이번에 저희 운영진은 여러분이 현금 거래 행위를 하고 있다는 통보를 받았습니다.
◆론 : 뭔 소리야? 그런 거 안 했는데?
어안이 벙벙해진 사기꾼 자식.
그런 거 알 바 아니지. 미안하지만 이야기를 진행시키겠어.
◆피로시키 : 네. 현거래를 하려고 했습니다.
◆론 : 에엥?!
경악하는 론.
그래. 나는 이 녀석과 현금 거래를 하려고 했었다.
현거래를 할 상대를 찾는다는 터무니없는 게시판을 통해, 완전한 타인인 척을 하고, 거래 예약을 따냈다. 그걸 리얼

타임으로 GM 호출을 써서 통보한 것이다.

물론 실제로는 전부 거짓말이다. 완전 거짓말이다. 돈 같은 건 한 푼도 낼 생각이 없다. 제대로 속여 넘긴 셈이다.

이야~, 깜짝 놀랐겠지? 미수니까 얼마든지 변명할 수 있는데, 일부러 자백하다니. 보통은 말도 안 되는 일이지.

◆피로시키 : 이 사람과는 현거래 사이트에서 연락을 취했습니다. 바로 지금 현거래를 하고 있던 참이죠.

◆론 : 뭐야 이게, 이상하잖아— 젠장, 게시판을 써서 함정에 빠뜨렸군!

◆피로시키 : 처음에 함정을 판 건 너잖아.

내가 꺼낸 그 말에 눈치를 챈 건지, 론은 혀를 차듯이 말했다.

◆론 : 너 그때 그 녀석이냐ㅋ 핫, 바보 아냐ㅋㅋㅋ

론은 잘난 듯이 폭소했다.

◆론 : 현금이 아직 움직이지 않은 현거래 미수로 뭐가 일어난다는 건데ㅋㅋㅋ 기껏 고생했겠다만 계정 정지 3일, 수고 많으셨네ㅋㅋ 어이구 잘됐네요ㅋㅋㅋ

멋대로 승리 선언을 하는 도중 미안하지만, 그렇게는 안 되는데?

내가 말하기도 전에 기선을 제압하듯이 냐크 씨가 말했다.

◆GM01 Nyack : 아니오. 당신에게는 캐릭터 명 『론』으로

계정 해킹을 저질렀다는 혐의도 걸려 있습니다. 이번 약관 위반에 따라 과거 위반 이력을 상세하게 조사했으며, 이미 증거도 충분히 확보했기에 운영진 측에서는 부정 액세스 금지법에 기초하여 고소도 검토하고 있습니다.

우와, 엄청 화내고 있네. 냐크 씨도 꽤 열 받은 모양이다.

그야 그런가. 콜라보 이벤트를 엉망으로 만들었으니, 저쪽도 화나지 않을 리가 없겠지.

◆론 : 뭐어?! 난 그런 거 한 적 없어!

◆피로시키 : 했잖아. 증거도 모였다고.

◆론 : 증거어?

냐크 씨가 초조해하는 론을 향해 냉정하게 말했다.

◆GM01 Nyack : 당초 통보로는 부정 액세스범과 당신이 동일 인물이라는 것을 확인할 수 없었습니다.

◆GM01 Nyack : 그러나 이번에 받은 현금 거래 게시판 작성 로그의 IP가 캐릭터 『론』과 동일하며.

◆GM01 Nyack : 실제로 거래를 위해 나타난 당신의 IP가 부정 액세스범의 IP와 동일했기 때문에.

◆GM01 Nyack : 동일 인물이 부정 액세스와 현금 거래 행위를 하고 있다고 판단했습니다.

"……저기, 어떻게 된 건가요?"

아코는 혼란의 끝에 달해 있었다.

그게 말이지. 설명하자면.

"IP라는 건 인터넷에 연결되어 있는 사람 전원에게 정해져 있는 개인 번호 같은 거고, 나쁜 짓을 하면 그걸로 범인을 특정해서 잡을 수도 있어."

"네. 알고 있어요."

그거 다행이군. 설명이 편해졌어.

"그리고 온라인 게임 운영진 쪽에서도 약관 위반을 저지른 녀석의 IP를 확인할 수 있어. 범인과 같은 IP로 이어져 있는 계정을 전부 조사하거나 할 수 있지."

"네. 자주 들어요."

그러니 만약 이 방에서 나쁜 짓을 하면 우리 전원이 위험해지지.

"그래서 우리도 아이템을 판 녀석이 계정 해킹을 했으니까 잡아달라고 부탁했지만, IP가 다르니까 무리라는 말을 들었어."

"……왜 다른 건가요?"

"내가 모은 IP를 토대로 조사해보니까 평소에는 자택에서 게임을 하고, 정말로 나쁜 짓을 할 때만큼은 인터넷 카페를 쓰고 있는 모양이더라."

이미 모든 정보는 손에 넣었다.

"정황 증거로 범인은 특정할 수 있었지만, IP가 달라선 잡을 수가 없어. 운영진도 정지를 시킬 수가 없지. 거기서 두 IP가 동일 인물이라는 증거를 모으려고 했어."

거기서 쓴 것이 현거래 전용 거래 게시판이라는 거다.

"저 녀석, 거래 게시판에는 자택 IP를 쓰고 실제로 거래할 때는 인터넷 카페 쪽에서 찾아왔더라고. 그러면 두 IP에 상관관계가 생기니까— 누가 봐도 훌륭한 동일 인물이지."

"그래서 이렇게 된 건가요."

이렇게, 라며 GM의 공세를 받고 있는 사기꾼을 가리켰다.

화면 속에서는 론이 헛된 저항을 시도하고 있었다.

◆론 : 게시판이라고? 나는 IP 나오는 게시판 같은 곳은 쓰지 않았다고.

◆GM01 Nyack : 저희 쪽에서 작성 로그를 확인했습니다.

◆론 : 안 했다고 하잖아!

아니 아니. 너 했잖아.

◆피로시키 : 너 썼잖아. 나쁜 녀석들밖에 없는 현거래 게시판 같은 곳에.

◆론 : 안 썼거든. 만일 썼다고 해도 그런 사이트가 운영진한테 IP를 흘릴 리가 없잖아. 몇 년을 했다고 생각하는 거야.

◆피로시키 : 그렇지? 그렇게 보였지?

◆론 : 앙?

짧은 한마디에 론의 초조함이 전해져 왔다.

내가 계정 해킹을 당했을 때처럼, 불길~한 예감이 느껴졌겠지?

그리고 그거, 제대로 맞았어!

◆피로시키 : 배신이고 뭐고, 그건 사흘 전에 만든 내 사이트거든.

◆론 : 뭐? 뭔 소리야. 몇 년이나 된 로그가…….

◆피로시키 : 이야, 고생했지. 그럴듯한 로그를 몇 년 분량까지 날조하는 거 말이야.

◆론 : 헉, 뭐, 너, 설마.

그래. 그 설마다.

◆론 : 나를 함정에 빠뜨리기 위해 사이트 하나를 통째로 위조한 거냐?!

하하하하하, 감쪽같이 속았구나!

내 가짜 사기 블로그에만 링크되어 있는 가짜 우량 현거래 사이트에!

그래. 나는 론만 볼 수 있는 상태였던 『가짜 사기 행위 블로그』에만 링크된 『가짜 우량 현거래 사이트』를 만든 거야!

"저런 녀석은 호기심만 쓸데없이 강하다니까."

"그럴듯한 사이트가 있으면 일단 확인하지 않으면 직성이 풀리지 않을걸."

그래서 확인해보니 다른 사이트보다 명백하게, 하지만 수상하지 않은 정도로 거래 단가가 높은, 그다지 퍼지지 않은 비밀 게시판이 있는 거다.

비밀스러운 분위기로, 이 녀석 취향에 맞게 만들었다. 반드시 덜미를 잡을 수 있으리라 생각했다.

그리고 게시판이 배신할 리가 없다고 믿고 있을 테니 순순히 자택에서 적을 것 같았다. 이후 약관에 거래를 할 때는 자택에서 하지 않도록, 이라고 써서 실제로 거래할 때는 인터넷 카페에서 하도록 유도했다.

블로그나 사이트 관리 권한까지 묶어서 운영진에게 메일을 보내면 아이템을 팔던 녀석과 사기 블로그를 쓰고 현거래까지 하는 계정 해킹범이 동일 인물이라는 증거가 된다.

이번에는 잘 되었지만, 딱히 이걸로 낚이지 않아도 상관없었다.

어쨌든 모을 수 있는 모든 정보를 모은다. 이번에 한정 짓지 않고 운영진이 믿을 수 있을만한 증거만 있다면 움직여 주리라는 확신이 있었다.

◆피로시키 : 이야~, 호텔을 말려들게 한 건 실패였어. 콜라보 측에 피해가 있었으니까 운영진도 곧바로 움직일 거라고.

◆론 : 너, 바보 아니야? 한 명 속이기 위해 이런 쓸데없는…….

자기 잘못은 모르고 무슨 물러터진 소리를.

어때. 천하에 이름을 떨치던 사기꾼이 속아 넘어간 기분은.

"내 신부를 울려놓고서 그냥 넘어갈 거라 생각했냐."

"루시안……."

◆GMO1 Nyack : 이번 건으로 호텔 플로레스, 레전더리

에이지 운영 팀 쌍방에서 연락을 드릴 겁니다. 그러므로 연락이 가능한 전화번호, 메일 주소 등을 여쭤보고 싶습니다만.

◆론 : 아, 웃기고 앉아 있네. 이제 흥미 없으니까 멋대로 해.

◆GM01 Nyack : 그 경우, 제공사에 대한 정보 게시 신청 등을…….

◆론 : 아, 짜증 나. 이런 망겜 두 번 다시 안 할 거니까 상관없잖아.

론은 이야기도 듣지 않고, 막말과 함께 사라졌다.

추하기 그지없지만, 그것 참 속 시원하네.

◆GM01 Nyack : 론 씨에 대해서는 이쪽에서 계속해서 정보 조사를 진행하겠습니다.

론이 사라졌기 때문인지 냐크 씨는 나에게 말을 걸었다.

◆GM01 Nyack : 영구 정지에 대해서는 틀림없이 약속드릴 수 있습니다만, 그 이상에 대해서는 불투명한 상태입니다.

경찰이 움직이는— 것까지는 안 되나. 하긴 그렇겠지.

일반인이 모은 증거밖에 없는데 운영진이 움직여준 것만으로도 꽤거다.

"일단 두 번 다시 우리 앞에 나타날 일이 없다는 것만으로도 충분한가."

"대승리네요!"

"……승리, 는 아닐지도."

"……네?"

◆GM01 Nyack : 그럼 이번에는, 피로시키 씨의 약관 위반에 관해서입니다.

자, 왔다.

루시안 대패배의 시간이다.

"루시안의, 약관 위반?"

"그야 그렇지. 현거래 미수고, 현거래 게시판 만들었고."

대놓고 약관 위반이란 말이지. 이게.

어떤 처벌이 떨어져도 이상하지 않다.

◆GM01 Nyack : 명확한 증거가 없다면 GM은 개입할 수 없는 것이 사실입니다만, 그걸 위해서라 해도 약관 위반은 허용할 수 없습니다. 피로시키 씨에게는 반성을 촉구합니다.

◆피로시키 : 네.

◆GM01 Nyack : 그럼, 피로시키 씨의 계정에 『일주일 계정 정지』를 부과하겠습니다.

◆피로시키 : 네.

◆GM01 Nyack : 이상입니다.

"…………네?"

어, 그것뿐?

다른 건? 뭔가 다른 벌은 없어?

◆GM01 Nyack : 또한 부정 액세스에 의해 캐릭터가 삭제된 계정에 대해, 이쪽의 특수한 사정을 감안하여 삭제된 전날 시점의 데이터를 통해 캐릭터 데이터만을 수복했습니다.

"어, 어."

"무슨 소리야?"

"루시안의 캐릭터만 부활시켜주마, 라고 말하는 거 아닌가?"

혼란에 빠진 우리를 제쳐두고 냐크 씨는 말을 이었다.

◆GM01 Nyakc : 일부 퀘스트나 길드 소속, 결혼 상태 등은 해제됩니다만 그쪽에 관해서는 양해 부탁드립니다. 전달사항은 이상입니다만, 질문은 있으십니까?

◆피로시키 : 저기…… 『루시안』 계정에 대한 처벌 같은 건요?

명백하게 동일 인물이고, 메인 계정이니까 이쪽도 최악의 경우 계정 정지 같은 걸 당하지 않을까— 조심조심 물어봤다.

◆GM01 Nyack : 운영진 측의 견해에 따르면—.

냐크 씨는 일단 말문을 끊고는.

◆GM01 Nyack : 해당 캐릭터에 부정행위는 확인되지 않았습니다.

그렇게, 웃으며 단언했다.

"냐크 씨, 완전 쩌네."

"GM 멋있다."

엄청난데. 이 사람 진짜 멋있어.

◆GM01 Nyack : 그럼, 앞으로도 레전더리 에이지를 잘 부탁드리겠습니다.

순간 화면이 전환됐다.

짧은 로딩 시간을 거쳐 피로시키 군은 원래 있던 뒷골목으로 돌아왔다.

고맙다, 피로시키 군. 네 역할은 끝났어.

고마워요, GM 냐크 씨. 당신을 잊지 않을게요.

"저기, 루시안, 복구됐다고 하는데요."

아코가 조심조심 손을 들었다.

그러고 보니 복구됐다고 말한 이상, 벌써 돌아왔을지도 모른다.

"한번 볼까."

평소 쓰던 루시안 계정을 기동. 비밀번호를 입력하고 캐릭터를 선택.

그곳에는, 언제나 쓰던 방패도 없고, 갑옷도 없는, 꽤나 한심한 모습이 된 내 메인 캐릭터가 확실히 대기하고 있었다.

"루, 루시안! 루시안이에요!"

"오우, 그러네."

아아, 다행이다. 다시 키우는 건 귀찮기 그지없으니까.

"제 루시안이 돌아왔어요오오오오오."

"그래그래, 다녀왔어. 계속 여기 있었다만."

"루시안!"

광희난무하는 아코를 보고 별수 없다며 쓴웃음을 지었다.

뭐야, 루시안이 돌아오지 않으면 기운이 나지 않는 거냐, 너는.

"다행이네. 니시무라의 레벨 업을 도와주는 건 딱 질색이었는데."

좀 더 제대로 된 축하를 해달라고, 라는 내 시선이 통했는지—.

"……잘됐네."

"땡큐."

세가와도 조금 기쁜 듯이 말해주었다.

"그럼 무사히 해결된 축하의 의미로— 잠깐의 여행은 어떤가?"

그때, 마스터가 무슨 티켓을 팔랑팔랑 보여줬다.

"실은 호텔 플로레스라는 곳에서, 레전더리 에이지 콜라보레이션 기획이라는 걸 한다더군."

"질릴 정도로 알고 있지만…… 설마."

"그 설마다."

마스터가 놓아둔 티켓에는, 무료 초대권이란 문자가 쓰여 있었다.

"우리의 재빠른 대응 덕에 피해를 억누를 수 있었던 것에 대한 감사와, 불상사로 폐를 끼친 것에 대한 사과라고 하더군. 온라인 게임을 사랑하는 자로서 응해주는 것이 인지상정이라고 생각한다만…… 어떠냐?"

"……."

"……."

왠지 모르게 미묘한 심경이라 얼굴을 서로 마주 봤다.

솔직히 좋은 추억은 없다. 그건 사실이지만…….

"……좋아. 가볼까."

"괜찮나요? 루시안."

"그 호텔, 트라우마가 된 거 아니야?"

멋대로 트라우마 만들지 마.

"도중까지는 즐거웠는데 마지막에 앙금이 남아버렸으니까. 모처럼의 합숙이 안 좋은 추억으로 끝나면 싫잖아?"

그치? 라며 아코를 보자, 그녀도 살짝 웃으며 끄덕였다.

"그러네요. 무척 즐거웠어요."

"그럼 결정이네."

"뭐, 네가 좋다면 나는 괜찮지만."

아직 납득하지 못한 듯한 세가와에게 나는 마지막 본심을 흘렸다.

"그리고 호텔의 콜라보 아이템, 엄청 강했는데 내 계정에서 전부 사라졌고."

"아아…… 납득했어."

그쪽으로 납득하지 마. 상관없지만.

여름 합숙 제2회.

이번에야말로 즐겁게 끝내자.

††† ††† †††

"저기 말이야. 선생님은 어떻게든 경찰이 움직여주도록 상담하고 있었거든?"

일의 전말을 들은 고양이공주 씨는 완전히 추욱 늘어져서 침울해했다.

"하지만 범인은 잡아서 운영진에게 넘겼는데요."

"이상하잖아. 왜 피해자가 그런 짓을 하니."

"우리가 하지 않으면 누가 하랴, 예요!"

"아코. 넌 아무것도 안 했잖아."

"너희 대체 뭐니……."

고개를 숙이며 말하는 선생님에게 마스터가 쓸데없이 의기양양하게 말했다.

"뭐냐고 말씀하셔도, 현대통신전자 유희부입니다만."

"……아, 그래."

하아, 하고 한숨을 내쉬며 고양이공주 씨는 일어섰다.

"뭐, 좋아. 너희 덕분에 호텔에 초대도 받았으니까. 선생님은 방에 있을 테니 너희만 이벤트를 하고 오렴."

"네~에."

"고양이공주 선생님. 젊음이 부족하네."

"뭐? 지금부터 비치발리볼 할래?"

"아, 아하하하…… 그럼 나중에~."

시커먼 오라를 방출하는 고양이공주 씨를 본 세가와가 딱딱한 미소를 지으며 도망쳤다.

"그럼 나도 가볼까. 이 콜라보 아이템을 두 개 갖고 있는 플레이어는 좀처럼 없겠지."

마스터가 그 뒤를 따라갔다.

"그럼 우리도……."

"그 전에, 아코."

아코의 손을 잡았다.

"네……?"

"잠깐 가고 싶은 곳이 있어. 함께 가주지 않을래?"

나는 호텔과 인접한 예배당으로 아코를 데려왔다.

LA 속 수도에 있는 여관의 외견이 호텔을 본뜬 것처럼, 이 예배당도 LA에 있는 교회의 모델이 된 곳이다.

"여기는……."

"어때. 기억나?"

"저랑 루시안이, 결혼했을 때!"

"그래. 그 교회야."

구체적으로 말하면, 나랑 아코가 게임 속에서 결혼했던 교회의 원형이 된 곳이다.

내가 합숙 중에 고백하지 못한 겁쟁이였을 경우, 마스터는 나랑 아코를 여기에 집어넣을 생각이었던 모양이다.

"거기, 모델이 있었던 거네요."

아코는 눈을 반짝이며 예배당으로 들어갔다.

오늘은 결혼식도 없는지 내부가 일반인에게 개방되어 있었다.

아코를 쫓아 발을 들여놓자, 그 녀석은 벌써 안쪽 제단 앞에서 스테인드글라스를 올려다보고 있었다.

"우와아……."

"예쁘네."

비슷한 걸 게임 속에서 봤지만 역시 현실에서 보는 감동과는 다르다.

응. 달라. 다르네.

"야, 아코. 오랜만에 말하는 건데."

"네?"

나를 바라보던 아코에게 말했다.

"게임과 현실은 다르구나. 역시."

"……그런, 가요?"

아코는 살짝 나에게서 시선을 돌렸다.

명확하게 반론할 생각은 없지만, 동의할 생각도 없다, 같은, 그런 얼굴이다.

"응. 역시 다르다고 생각해. 사실은, 그때 그렇게 생각했어."

"그때라뇨?"

“『루시안』을 도둑맞았을 때.”

그리고, 아코를 빼앗겼을 때.

“깜짝 놀랄 정도로 간단했어. 루시안 속에 들어간 것만으로도, 나랑 아코의 관계까지 간단히 빼앗긴 것 같아서, 솔직히 쇼크였거든.”

“……그건, 저도…… 아아 아뇨, 저는 나쁘지 않지만요!”

오오, 기억하고 있네. 기특해, 기특해.

“응. 그래서, 역시 이대로는 안 되겠다 싶더라.”

한 걸음, 아코 쪽으로 다가갔다.

“있잖아. 아코. 지금 나랑 아코는 부부가 아니잖아.”

“우우…… 네, 그렇죠.”

한 번 캐릭터가 사라지고 부활한 탓에 결혼 상태가 해제되어 있다.

뭐, 시스템적으로 해제되었을 뿐 달리 뭔가 변화가 있는 건 아니지만, 아코 입장에서 우리는 틀림없이 타인이다.

“그러니까, 아코. 중요한 이야기야.”

“네, 네.”

자, 간다. 세 번째 정직.

“아코, 나는 말이지.”

“우우…… 기다려주세요. 굉장히 다음 말을 듣고 싶지 않은데요.”

“참고 들어.”

인마, 망치지 마.

나도 아코의 대답을 듣고 싶은 마음이 전혀 안 들지만 제대로 듣고 싶으니까.

"아코…… 타마키 아코, 양."

"……네."

아코가 나를 빤히 바라본다.

아코는 공포와 두려움과, 살짝 기쁨이 뒤섞인 시선으로 나를 올려다봤다.

심장의 고동이 놀랄 정도로 빠르다. 호흡이 불안정해서 목구멍에서 이상한 소리가 나올 것 같다.

발음 새지 마라. 새지 마라. 제대로 말해. 한 마디라도 좋으니까.

움직여다오. 내 몸.

"당신을 좋아합니다. 저랑— 사귀어 주세요."

말했다.

제대로 말했다.

그래도 아직 풀리지 않은 긴장감을 품은 채 아코의 대답을 기다렸다.

그녀에게서 돌아온 말은—.

"……어?"

"……어? 가 아니잖아아아아아아아!"

"죄, 죄송해요!"

사과하지 않아도 돼! 오히려 조금 한심하니까!

"그치만, 저기, 왠지 혼란스러워서."

뭐가 혼란스럽다는 거야!

네, 라고 한 마디 하면 해결이잖아!

"뭐야, 뭐가 불만인데! 그렇게 내가 싫냐!"

"그렇지 않아요! 하지만, 어떻게 해야 좋을지 전혀 모르겠어서!"

알잖아! 아니 알아라! 좀 알아줘!

"싫었다고! 아코를 빼앗기는 거! 『루시안』 속에 들어간 것만으로도 다른 녀석의 신부가 되는 건 싫었단 말이야!"

"저도 싫어요! 루시안이 다른 사람이 되는 것도, 제 루시안을, 다른 저한테 뺏기는 것도!"

네가 그렇게 생각해준다면, 그렇다면, 부탁이니까!

"그럼 게임 속의 『루시안』이 아니라, 현실의 나를— 니시무라 히데키를, 조금이라도 좋으니까, 좋아해줘!"

"……."

매달리는 마음으로 말했다.

그런 나에게, 아코가 조금 눈을 동그랗게 떴다.

다음으로 활짝— 만면에 미소를 지었다.

그리고.

"—무리예요!"

—.

"그치만, 조금이 아니라, 이미 너무너무 좋아하는 걸요!"

———.

——————.

"그러니까, 만약, 만약 이런 저라도 싫어하시지 않으면…… 여기 있는 저도…… 어라? 루시안?"

"……시, 심장이."

잠깐이지만, 틀림없이, 멈췄다. 멈췄었다. 내 혈류가 멈췄다고. 그치만 시야가 화악 좁아지고, 눈앞에 있는 아코가 멀어지고, 의식이 지면 쪽에 빨려 들어가는 느낌이었는걸!

"부탁이니까 고백 정도는 평범하게 받아달라고…… 자칫하면 죽을 뻔했어."

"그건 곤란해요. 루시안이 죽으면 저도 죽을 거예요!"

내 신부의 사랑이 무거워!

아니, 아닌가.

내 여친의 사랑이 무거워, 려나.

"위험했지만, 잘 풀렸다고 봐도 되는 건가…… 아아, 정말. 이건 이것대로 아코답긴 하지만……."

"저기, 칭찬하시는 건가요?"

"칭찬이야. 좋아한다."

"햐웃."

조금 불만스러워하는 아코를 확 끌어당겨서 내 품에 끌어안았다.

그러고 보니 아코 쪽에서 끌어안은 적은 있어도, 이렇게 내가 끌어당기는 건 처음일지도.

꽈악 끌어안은 아코는 따스하고, 부드럽고, 작고— 비누 냄새가 났다.

"야, 아코."

"네?"

품속에서 나를 올려다보는 아코의 얼굴을, 긴 앞머리가 푹 덮고 있었다.

으음…….

"앞머리 조금 잘라볼래?"

"에에에에엑?!"

왠지 모르게 말해보자, 아코는 내가 놀랄 정도로 쇼크를 받았다.

"그렇게 놀랄 일인가? 왜 안 자르는데?"

"그, 그치만! 무섭잖아요! 다른 사람과 눈을 마주치는 거!"

그런 이유로 기르고 있었냐.

정말 안타까운 사정이네.

"루시안이 꼭 잘라달라고 하면 생각해보겠지만…… 어쩔까요?"

"잠깐 생각해봤을 뿐인데."

"네."

"그게, 말이지."

"네."

"어어……."

앞머리가 그렇게 길면, 내가 얼굴을 들이밀 때 머리카락이 방해를 해서—.

"마, 말할 수 있겠냐아아아아아!"

"왜 역으로 화를 내는 건가요?!"

"결코 역이 아니야! 이건 내가 올발라! 이의는 인정하마!"

"이의 있어요오오오오오!"

"기각이야!"

"이의를 인정하지 않잖아요!"

시끄러워. 형식미라고.

"조금 전 그건 잊어버려. 농담이야. 그냥 생각만 한 거야. 신경 쓰지 마!"

"그럼 상관없지만……."

지금까지 실컷 아코한테 맞춰왔으니까, 조금 더 맞춰주는 건 상관없다.

"좋아. 이벤트 가자. 콜라보 아이템을 제대로 받아야지."

"맞아요! 이번에야말로 포와링 이어폰 잭을 받아야죠!"

잊어먹고 있었다. 그거.

그런 것도 있었지 참. 여러 일이 있어서 잊어버리고 있었다.

그래. 여러 일이다.

여러모로 성가신 일이 있었고, 여러모로 귀찮은 일이 있었지만.

하지만 아코에게 내 마음을 전한 것만으로도 노력한 보람은 충분히 있었다.

"야, 아코. 이벤트 끝난 뒤에 다시 한 번 바다로 가지 않을래?"

"상관은 없지만, 왜 그러시나요?"

"신부와 연인이면 다르게 보이려나 싶어서."

"기, 긴장되니까 그만해주세요."

겨우 우리의 여름이 시작된 느낌이 들었다.

에필로그 ACO

And you thought there is Never a girl online?

LA 안에서 나와 아코의 결혼식이 열린 건, 그로부터 사흘 후의 일이었다.

계정 해킹에 대응하기 위해 지인의 지인의 지인까지 협력을 부탁한 탓에, 내 캐릭터 복귀와 『론』의 영구 정지 정보는 손을 쓸 수 없을 정도로 퍼져버렸다.

그 결과 예전을 아득하게 뛰어넘는, 터무니없는 수의 참가자가 모이는 결혼식이 되었다.

길드 앨리 캣츠는 물론이거니와 †검은 마술사† 씨 길드 사람들, 고양이공주 친위대에 내 옛 친구부터 『론』에게 사기를 당했던 피해자들까지, 아무튼 여러 사람들이 왔다.

그 모든 사람들 앞에서, 아코는 만면의 미소와 함께 선언했다.

◆아코 : 저는 루시안의 신부를 계속할 수 있어요!

우레 같은 박수와 함께 나온 이 선언을 듣자 등에 쌓인 짐이 늘어난 것 같은 느낌이 들었다.

아무튼 이건 원상 복귀인 셈이므로 문제는 없다.

성가셔진 건 다른 부분이다.

◆루시안 : ……이 장비론 탱커는 힘들겠네.

◆슈바인 : 지금 너보단 이 몸 쪽이 튼튼하겠는데?

◆아코 : 힐이 따라가질 못해요.

그건 언제나 그렇잖아, 아코.

그렇다. 성가셔진 건 나의, 루시안의 장비가 부족해진 거다.

원래는 탱커로서 각 던전, 각 몬스터를 상대하기에 최적화된 장비를 갖추고 싸우고 있었는데 계정 해킹으로 대부분이 팔려나가고 말았다.

일부는 되사들이긴 했지만 그럼에도 부족하다.

◆애플리코트 : 이러면 어쩔 수 없군…….

마스터가 무겁게 말했다.

◆루시안 : 어쩔 수 없다니, 어쩔 건데?

◆애플리코트 : 당연한 것 아닌가!

콰쾅, 하고 불꽃을 피우며 커다란 채팅 문자가 표시되었다.

◆애플리코트 : 루시안 재생 계획! 현대통신전자 유희부, 여름 방학 주 5일로 부활동 계획!

◆고양이공주 : 싫다냐아아아아아아아아!

진짜냐…… 주 5일이라고…….

고양이공주 씨가 싫어하고 있지만 어차피 눌리겠지, 저 사람.

"나 참. 바쁜 여름이 되겠네."

내가 모니터에서 눈을 떼고 그렇게 말하자, 옆에서 활기찬 목소리가 대답했다.

"괜찮지 않나요? 언제나 함께인데요?"

"뭐, 그렇지."

딱히 거창한 이야기는 아니거든?

아코네 집에서 같이 온라인 게임을 하고 있을 뿐이라고.

타인에게 말 못 할 문란한 짓은 아무것도 하지 않았어. 정말이야 정말로.

……이 노트북은 슬슬 마스터에게 돌려주지 않으면 안 될지도 모르지만.

"지루한 여름보다는 낫지만, 주 5일은 많은데."

"루시안과 둘만 있을 시간을 조금 갖고 싶네요."

귀여운 소리 하기는.

조금 뺨을 물들인 아코를 보며, 행복이란 이걸 말하는 건가 싶어 눈을 가늘게 떴다.

"그러네. 둘만의 시간도 갖고 싶네."

아무튼 연인이니까.

"부부니까요."

"부활동이 아니라도 아코랑은 대부분 함께 있긴 하지만."

"부부니까요."

"……야, 아코."

"네?"

뭐지, 이상한데.

명백하게 이야기가 어긋나고 있다.

게다가 공연히 친숙한, 하지만 조금 새로운 느낌의 어긋남이다.

"야, 야 아코. 우리 관계는…… 뭐였더라?"

"아내와 남편인데요?"

"……내 인식하고는 좀 다른데."

어째서 이렇게 됐지. 어째서 이렇게 된 거야.

"야, 아코. 그 예배당에서 사귀기로 이야기하지 않았냐?"

거기서부터 내 착각인가 했지만, 아코는 헤벌쭉 하고 행복 가득한 얼굴로 말했다.

"네. 굉장히 기뻤어요."

그렇지? 틀림없지?

"그러니까 우리는 사귀고 있는 거, 아니야?"

"어, 그치만 나중에 제대로 결혼했잖아요?"

"……어?"

했어. 확실히 했지.

그야말로 수많은 사람들에게 축복받으며 결혼했어.

하지만 그건 게임 속 이야기……고…….

"……설마 덧씌워진 거냐?!"

"뭔가요, 덧씌워졌다니. 사귀던 사이에서 결혼하면, 제대로 부부잖아요."

"그, 그렇지만!"

아아아아아아!

실패했다아아아아아아!

『루시안』과 『아코』가 결혼하지 않으면 아코가 불안한 것 같고, 경험치 보너스라든가 상호 소환 스킬 같은 게 여러모로 편리하니까 깊게 생각하지 않고 결혼했지만!

그야 아코랑 다시 결혼하면 이렇게 되는 게 당연하지만!

나는 평범하게 청춘을 보내고 싶다고!

이 나이에 신부가 있다니, 그런 건 무리란 말이야!

"저, 저기, 아코, 양."

"네?"

기분 좋게 대답하는 아코에게, 조심조심 물었다.

"저기— 내 연인이, 되어주지 않을래?"

내 신부는 정말로 넋을 잃을 정도의 미소로 대답했다.

"절대로, 싫어요!"

■작가 후기

거래챗을 빌렸습니다.

오랜만에 뵙겠습니다. 혹은 처음 뵙겠습니다.

키네코 시바이입니다.

『온라인 게임의 신부는 여자아이가 아니라고 생각한 거야?』 시리즈도 세 권째가 되었습니다.

이렇게 이어질 수 있는 건 정말로, 농담이나 빈말이 아니라 정말로 정말로, 이 책을 손에 들어주신 여러분 덕분입니다. 정말로 감사드립니다.

자, 그럼 이 시리즈 말입니다만, 온라인 게임이라면 슬슬 필드를 이동할지도 모르는 Lv.3까지 경험치를 쌓았습니다. 스킬도 상당히 능숙하게 쓸 수 있을 거고, 장비 같은 것도 바뀔지도 모릅니다. 매우 재미있는 시기입니다.

이 책도 Lv.3이 되었으므로, 읽어주시는 독자 여러분이 즐겨주실 수 있는 책이 되었다면 다행이겠습니다. 작가와 함께 즐겨주셨다면 좋겠습니다만 어떨는지.

참고로 이것 역시 사담이 됩니다만, 근간에서 썼듯이 저도 게임 속에서 슬픈 이혼을 경험했었습니다.

게임 속에서 여캐랑 결혼했는데 상대가 여캐랑 바람이 나서 이혼했습니다만, 그녀는 한 번 제 곁으로 돌아온 적이 있습니다.

이른바 『바람 상대의 내용물이 아저씨였다.』는 겁니다. 그런 소리를 해봐야 모릅니다.

그리고 차마 당신의 내용물은 어떻습니까, 라고 물을 용기는 없었습니다.

거래챗으로 실례했습니다.

그럼 사죄와 감사 등을.

일러스트의 Hisasi 씨. 남심을 팍팍 자극하는 일러스트를 그려주셔서 정말로 감사합니다. 떡은 떡집에서 해야 한다는 말도 있으니 맡기자! 라며 전부 던져버려서 정말로 면목 없습니다. 감사 또 감사합니다.

점점 패러디투성이가 되어가는 소설에도 익숙해지신 담당님. 지적은 언제나 감사히 받고 있습니다. 다음에도 잘 부탁드립니다. 슬슬 온라인 게임 시작하시지 않겠습니까?

또한 각종 온라인 게임 소재를 모으고 있는 저와 함께 즐겨주신 플레이어 여러분. 그리고 앞으로도 어딘가에서 만날 분들께도 더불어 감사를.

그럼 다음에도 또 이렇게 만날 수 있다면 다행이겠습니다.

키네코 시바이였습니다.

■ 역자 후기

안녕하세요. 불초 역자입니다.

이번 이야기에서는 계정 해킹이라는 위기를 겪으면서도 여전히 리얼충으로 가는 길을 걷는 루시안의 모습이 나왔습니다. 아코와도 한층 알콩달콩한 관계가 되었네요. 이미 평범한 리얼충 아닌가? 폭발해라.

이번 권의 주요 소재는 여름 합숙(&수영복!!)과 앞서 말했던 계정 해킹이었습니다. 그중에서도 후자는 온라인 게임을 즐겨 하는 사람이라면 피해 가기 힘든 그런 존재입니다. 특히 우리나라처럼 신상 정보가 공공재처럼 퍼진 나라에서는 더하고요. 주로 현거래 등이 가능한 MMORPG에서 피해가 큽니다만 다른 게임도 결코 자유롭지는 않아서, 현재 국민 게임인 모 AOS에서는 해킹이든 뭐든 비번을 알아낸 뒤에 룬을 몽땅 조합기에 넣어 갈아버리는 속칭 룬쏘우라는 행위가 빈번히 벌어지기도 했었습니다. 지금은 조합기 자체가 사라져서 불가능하지만요.

아무튼 이런 게 한번 벌어지면 공들여 키운 캐릭터가 한순간에 거지꼴, 혹은 삭제되게 되므로 충격이 만만치 않죠. 게임을 접어버릴 수도 있는 사태입니다. 요즘은 해킹을 복구해주는 경우도 많지만 예전에는 그렇지도 않아서, 저도 실제 겪어보니 그 충격이 참 이루 말할 수가 없더군요. 그런 면에서 이번 루시안의 복수는 꽤나 통쾌한 면이 있었습니다. 게임 속 지인들이 물심양면으로 도와주는 것도 참 따스해서 좋았고요. 서로서로 도와주는 훈훈한 광경이라니, 현실이라면 어지간해서는 꿈같은 일이라 그런지 더욱 빛나 보이더라고요. 복수하는 방법은 범상치 않긴 했지만요. HAHAHA.

그럼 이쯤에서 마치고, 다음 권에서 뵙겠습니다. 그 사이에 저는 아○로스에서 카드게임이나 하고 있겠습니다. 요즘 기계법사가 왜 이리 많은지…… 책이 나올 무렵에는 기○ 소○ 로○과 박○ 붐이 너프되어 있기를 기원합니다.

특별강좌 noob 아코와 루시안의 온라인 게임!

아코 : 그런고로 시작되었습니다. 게임 속에서도 결국은 공부, 슬픈 학습 코너입니다!

루시안 : 아코도 슬슬 초보자를 졸업해야지.

아코 : 네에…….

『MMORPG』

아코 : 이건 무슨 의미인가요? 다른 게임과 차이가 있나요?

루시안 : 여기?! 아니, 여기부터?! 모르고 하고 있었던 거냐?!

아코 : 몰라도 게임은 할 수 있으니까요.

루시안 : ……MMORPG가 매시블리 멀티플레이어 온라인 롤플레잉 게임(Massively Multiplayer Online Role Playing Game)의 약자라는 건 전에도 말했었지? 대규모로 대인원이 함께 즐길 수 있는 온라인 RPG라는 의미야.

아코 : 그렇게 들으면 온라인 게임은 전부 MMORPG 아닌가 하는데요, 구별할 필요가 있나요?

루시안 :으음. 들은 적이 있는지는 모르겠지만 『MORPG』라는 것도 있어. 이건 MMO와는 달리 대규모라는 말이 없지.

아코 : 소규모 MMO인 거네요.

루시안 : 소규모 MMO라고 하면 다른 의미로 들리는데…… 아니, 말하지 말자. MO라는 건 확실히 소규모니까. 게임 규모가 작은 게 아니라, 서버 단위나 방 단위, 전장 단위거나, 아무튼 플레이하는 환경에 따라 모이는 인원이 소규모로 제한돼.

아코 : 전에 했던 드래곤 헌터 프론티어 온라인이 MORPG인가요?

루시안 : 맞아. 그것도 최종적으로 같이 사냥할 수 있는 건 네 명이잖아. MMO처럼 하나의 맵에 몇 백 명이나 모여서 큰 이벤트를 벌이거나 할 수는 없어.

아코 : 요즘 MMO는 채널에 따라 인원 제한을 하고 있는데, 그건 어떤 건가요?

루시안 : 그건 꽤 애매하네. 일단 같은 서버로 모여 있으니까 MMO라고 주장할 수는 있지만…… 뭐, 공식적인 기준이 있는 건 아니니까. 운영진이 MMO라고 하면 MMO야.

아코 : 최종적으로는 애매하네요.

『원킬, 확1타, 확정킬』

아코 : 이건 무슨 의미인가요?

루시안 : 모르고 쓰던 거야?

아코 : 아뇨, 저기! 왠지 모르게 분위기는 알지만요!

루시안 : ……전부 같은 의미로, 난수가 뭐가 나오든 상관없이 상대를 확실하게 일격으로 쓰러뜨릴 수 있다는 거야. 원킬은 MMORPG, 확1타는 가정용 게임에서 쓰지.

아코 : 난수……?

루시안 : 최소 난수가 나오더라도 반드시 일격으로 쓰러뜨릴 수 있다는 건 몬스터를 사냥할 때 굉장히 중요한 거야. 다소 무리할 수도 있고, 머리를 텅 비우고 사냥할 수 있으니까.

아코 : 저, 저기?

루시안 : 원킬에도 종류가 있는데, 적의 방어를 깎으면 일격에 쓰러뜨릴 수 있는 디버프 원킬, 지원 마법을 걸면 일격에 쓰러뜨릴 수 있는 버프 원킬, 부스트 아이템을 쓰면 일격에 쓰러뜨릴 수 있는 부스트 원킬 등등 게임에 따라 여러 가지가 있지.

아코 : 분명 설명을 들었는데도 수수께끼가 늘어났는데요?!

『길드』

아코 : 길드는 말하자면 뭔가요? 클랜이라든가 레기온이라든가 수렵단이라든가 부대라든가 사람에 따라 명칭이 다른데요.

루시안 : 사이좋은 그룹이야. 게임에 따라 명칭은 다르지만 전부 똑같아! 이상! 이후는 다음 시간에!

아코 : 이, 이거 이어지는 건가요?!

온라인 게임의 신부는 여자아이가 아니라고 생각한 거야? 3

1판 1쇄 발행 2015년 5월 10일
1판 4쇄 발행 2017년 5월 12일

지은이_ Kineko Shibai
일러스트_ Hisasi
옮긴이_ 이경인
일본판 오리지널 디자인_ AFTERGROW

발행인_ 신현호
편집부장_ 김은주
편집진행_ 최은진 · 김기준 · 김승신 · 원현선 · 김솔함
편집디자인_ 양우연
국제업무_ 정아라 · 고금비
관리 · 영업_ 김민원 · 이주형 · 조인희

펴낸곳_ (주)디앤씨미디어
등록_ 2002년 4월 25일 제20-260호
주소_ 서울시 구로구 디지털로 26길 111 JnK디지털타워 503호
전화_ 02-333-2513(대표)
팩시밀리_ 02-333-2514
이메일_ lnovelpiya@naver.com
L노벨 공식 카페_ http://cafe.naver.com/lnovel11

ISBN 978-89-267-9915-4 04830
ISBN 978-89-267-9843-0 (세트)

값 6,800원

*잘못된 책은 구매처에 문의하십시오.

L NOVEL

은톨이 그녀는 신입니다. 1~6권

스에바시 켄 지음 | 미에하루 일러스트 | 박정원 옮김

고교 입학을 계기로 어느 학생 기숙사에서
새로운 생활을 시작하게 된 나츠카 타카토.
하지만 그가 쓰기로 한 방은 "명계의 왕"을 자칭하는 소녀
히무로 아야카에게 점령된 후였다!
자신이 머물 곳을 확보하기 위해 타카토는 다양한 수법으로
아야카를 끌어내려 애쓰지만, 천성이 은톨이인지라 쉽지 않은데?

환수, 괴물, 신화 속의 신들.
인간이 아닌 자들이 모여 사는 도시를 무대로 한
"초(超)일상" 스토리가 막을 올린다!